鬼の生贄花嫁と甘い契りを二
〜ふたりを繋ぐ水龍の願い〜

湊祥

STARTS
スターツ出版株式会社

目次

鬼の生贄花嫁と甘い契りを二
～ふたりを繋ぐ水龍の願い～

第一章　凛の望み

伊吹はそっと凜の頬に手を添えた。目を細め、とても美麗に、しかしどこか色気のある笑みを浮かべる。

濃い赤色の光が煌々と宿る宝石のような双眸に、形のよい鼻梁と薄いが艶めかしい唇。

彫刻さながらの完璧な美しさを誇る伊吹の顔立ちには、何度目にしても凜は圧倒されてしまうのだった。

凜は反射的に瞳をぎゅっと閉じた。毎朝の恒例行事だというのに、どうしても毎度緊張してしまうのだ。

毎朝の恒例行事、それは伊吹による凜の頬への口づけ。凜は目をつむったまま、伊吹の唇が触れるのを待つ。

「……?」

頬への柔らかい感触がしばらく感じられず、凜は目を開けた。すると、ほぼ同時に伊吹が凜の耳元で甘く囁く。

「そろそろ、凜の唇に触れたいのだが」

凜の心臓が大きく鼓動した。

恋人や夫婦という関係ならば当たり前の行為である、唇と唇同士の接吻。

しかし、この世に生を享けてから二十年もの間、家族からの愛情すら知らなかった凛にとってはあまりにハードルが高い。ほんのり赤く染まっていた頬は、いよいよ真っ赤になってしまった。

「あの、えっと……」

なんとか自分の気持ちを言い表そうとするけれど、うまく言葉が出てこない。

伊吹の口元から「ふっ」と小さな笑い声が漏れた。そして狼狽（ろうばい）する凛の頬に、いつものように優しく唇をつけた。

「すまんすまん。凛の準備ができるまでは、いくらでも待つと言ったのに。なんだか今日の凛がやたらと愛おしく見えたものでな。いや、いつも最高に愛おしいのだけど」

伊吹は苦笑を浮かべながらも、砂糖のように甘い言葉を吐く。これももちろん、毎朝のこと。

「……すみません」

伊吹を我慢させている状況に罪悪感を覚えて、いまだに赤い顔のまま凛は俯（うつむ）いた。

そんな彼女の頭を、伊吹は撫（な）でるようにそっと叩（たた）く。

「なにも謝る必要はないよ。凛はそのまま、ゆっくり歩んでいけばいい。それに毎朝凛の柔らかい頬に触れられるのも、悪くないしな」

自分を思いやる伊吹の言葉が胸に染みた。

御年二十七歳の彼は、いつもこれでもかと年下の嫁を慮る。しかし、それがさらに凛の心をちくりと刺すのだった。

──本当は、もう伊吹さんと唇同士を合わせてもいい。いいえ、合わせたい。

凛は百年に一度、人間の女性から生まれる〝夜血〟の持ち主だ。

夜血は鬼が好む血であり、夜血の乙女は鬼の若殿に花嫁として献上されるというのが、人間界とあやかし界との間に結ばれた掟だった。

夜血の乙女だと発覚するまで、赤い瞳を持つ凛は、家族はおろか親戚や学友などからも『あやかしに取り憑かれている』と虐げられていた。

ゆえに、夜血の乙女だとわかった時、凛は大層安堵した。誰からも必要とされない自分がやっと誰かの役に立てる。しかも、この陰鬱な世界から消えることができる、と。

なぜなら、鬼の若殿の花嫁とはいっても、生贄同然。献上された途端、鬼に血を吸いつくされて死ぬ。それが人間界での認識だった。

凛はその運命を至極当然に受け入れていた。

だから、二カ月前に自分の夫となった鬼の若殿の伊吹が、全力で自分を慈しみ、寵愛するつもりだと知った時は、戸惑い、どうすればいいのかわからなかった。

しかし真綿で包むように伊吹に溺愛され、他の心優しいあやかしたちとも触れ合ううちに、伊吹の愛情をだんだんと享受できるようになった。

そして次第に、伊吹を想うと凜の全身が温かく、むずがゆいような感覚に陥るようにも。

この感覚が愛なのかどうか、凜はまだよくわかっていない。だけど伊吹がなによりも大切だと断言できる。

かくして、あやかし界にて伊吹の花嫁として暮らすことになった凜。

しかし、表向きは人間と友好な関係を築いているあやかしたちだが、いまだに人間を下等な存在、ましてや食糧だと思い込んでいる者も数多くいる。

だから凜は、人間という正体を隠して暮らさなければならなかった。伊吹の鬼の匂いを凜につけることで、人間の匂いを消して日々を過ごしているのだ。

つまり頬への口づけは、伊吹の匂いを凜へと移すための行為。

しかし凜についた鬼の匂いは一日で消えてしまうため、毎朝必ず行わなければならなかった。

唇同士を重ねれば三日間はもつのだが、凜が最初に尻込みしてしまったため、伊吹がいまだに気遣ってくれているのだった。

だけど、伊吹と共に過ごすようになってしばらくの時が経ち、彼の愛情を素直に嬉しいと感じるようになった今日この頃では、凜は伊吹にもっと触れたいと考えるようになってきていた。

もっとたくさん、深いところまで。

しかし、伊吹に花嫁として迎えられるまで自身の望みなど決して口にはできない環境にあった凜だ。自分から唇同士のキスを求めるのは、どうしてもはしたないような、おこがましいような気持ちになってしまう。

こんな複雑な気持ちを、凜は伊吹にうまく説明できなかった。

「けっ。朝からいちゃつきやがって。伊吹め」

不意に、恨みがましい声が聞こえてきた。

いつの間にか鞍馬（くらま）が主寝室に面した廊下に立ち、半眼で忌々しそうにこちらを睨（にら）んでいる。

無造作に散らされた金の髪と同色の瞳が眩（まぶ）しい。

きりりとした伊吹とは対照的にやや垂れ目気味だが、メディアで目にするアイドルのように整った顔立ちをしている。

鞍馬は伊吹の腹違いの弟で、天狗（てんぐ）のあやかしだ。わけあって伊吹の屋敷で同居しており、凜にとっては義弟にあたる。年齢は凜と同い年の二十歳で、まだ少年のようなあどけなさを残していた。

彼は人間の文化が大好きで、人間の若者が好むような洋服を身にまとい、人間界での最新の流行を常に追っている。

異性の好みも『奥ゆかしい人間の女の子！』と断言してしまうほど、人間に心酔しているのだった。

彼の理想のタイプであるらしい凜に好意を抱いている様子だが、兄の嫁であることはしっかり認識しており、越えてはならない線は越えないようにしているように凜には感じられた。

凜も伊吹もうっかりしていたが、寝室の襖（ふすま）が半分ほど開いていたのだった。鞍馬は通りすがりにふたりの触れ合いを目撃してしまったのだろう。

「く、鞍馬くん。いちゃついているというか、その……」

「ふっ。俺と凜は夫婦なのだから、そりゃいくらでもいちゃつくだろう。うらやましいか？　鞍馬」

照れてうろたえる凜の肩に伊吹は腕を回し、ふんぞり返るように胸を逸らす。

一見理知的で落ち着いた大人の男性に見える伊吹だが、実はこんなふうにお茶目な一面もある。

その姿を目にするたびに、内心『伊吹さん、かわいいところもあるよね』と凜は思っていた。

「うっざ！　でも伊吹さー、今凜ちゃんにキスするの断られてたっぽいじゃん？　あんまりがっつくからそんなふうに言われんだよ。ざまぁ～」

鞍馬が意地悪く笑ってからかうと、伊吹はぴきりとこめかみに青筋を立てる。

「……なんだと？」

「凛ちゃーん、伊吹だと緊張するの？　あ、じゃあ俺で練習するー？」

なんて言って、凛に近寄ってくる鞍馬。

どう返答したらいいのかわからず凛が後ずさりをすると、鞍馬の脳天を伊吹がぽかりと殴る。

「いってぇ、なにすんだよ！」

「……今の言動の後でどうしてそんな文句が吐けるんだ、お前は。いい加減、凛にちょっかいを出すのはやめろ！」

怒髪天の形相で、伊吹は鞍馬に怒りの言葉をぶつけた。

しかし鞍馬はまったく自分に非があるとは考えていないのか、うらめしそうに伊吹を睨む。

「だって凛ちゃんかわいいんだもんっ」

「それはそうだが、お前はダメだ！」

「伊吹のケチ！　馬鹿っ」

こんな兄弟のやり取りも日常茶飯事。

最初はおろおろしていた凛だったが、数分後には何事もなかったかのようにふたりが会話をしているので、最近では『兄弟同士の馴れ合いなんだろうな』と理解している。

実際、伊吹がいる前では妖しく迫るようなことをのたまう鞍馬ではあるが、伊吹がいない時にはそんな言動をする場面はほとんどなく、同年代の友人のように気安く振る舞ってくれている。つまり、鞍馬が繰り出す凛へのちょっかいは、おふざけに過ぎないのだろう。

その後、朝食のために居間へと続く廊下を進む三人。その途中で、凛はひとり台所へと寄る。

台所では、伊吹の従者の国茂がせわしなく動いて朝食の支度をしていた。

国茂は猫又のあやかしで、ふさふさの尻尾が二股に分かれている。

人間界でよく見かけるような黒白のハチワレ柄の猫が、作務衣を着て立って歩く姿が愛らしい。

「おはよう、国茂くん。なにかお手伝いすることはない？」

国茂に近寄って、話しかける。

国茂は振り返ると、首を横に振りながら微笑んだ。尻尾は機嫌よさそうにゆらゆらと揺れている。

「おはよう、凛ちゃん。毎朝気遣ってくれてありがとう。俺のことはいいから、伊吹や鞍馬と一緒に居間で待っていておくれ」

「……わかった」

食事に限らず、洗濯や掃除など他の家事も、国茂が忙しそうにしている時にはいつも手伝いを申し出るのだが、毎回断られてしまうのだ。

そして朝食の席でも、国茂は旅館さながらの品数の多い御膳を提供し、食べ終えた後の熱々のお茶もすかさず凛の眼前に差し出すのだった。

国茂としては、凛は主の嫁なのだから手を煩わせるわけにはいかないと考えているのだろう。

しかし、こうも四六時中至れり尽くせりだと凛はどうしても申し訳ない気持ちになる。

常に家族のために働くのが当たり前だったため、ただ座っているだけで必要な物がなにもかも用意される生活は、どうしても身分不相応な気がして心苦しいのだった。

居間へ行くと、すぐに国茂が豪勢な朝食を並べてくれる。

皆で雑談をしながら堪能し、ふうとひと息ついていると。

「そういえば伊吹と凛ちゃんさー。最近は御朱印集めてんの？」

食後に緑茶をすすりながら、鞍馬がのんびりとした口調で尋ねてきた。

御朱印は、自分たちの明るい未来のために伊吹と凛が現在集めているものだった。

妖力が強く、実力があると認定された高位のあやかしは皆、栄誉ある称号を国から授与されている。

伊吹は『最強』、伊吹の従姉である鬼の紅葉は『高潔』、人の悪夢を食らう獏の伯奇は『凶夢』といったように、それぞれのあやかしの性質や特に優れた能力などになぞらえた〝ふたつ名〟だ。

そして称号持ちのあやかしは、その力を示すための御朱印を所持している。

誰かの御朱印帳に自らの印を押すという行為は、その者の力を認め、魂レベルのつながりを生涯約束するという、同胞の誓いであった。

伊吹の祖父で史上最強のあやかしとして名を馳せた酒呑童子も、凛の先代にあたる夜血の乙女を妻にしていた。

茨木童子と呼ばれた彼女は、人間でありながら数多のあやかしに慕われる存在だったと言われている。

あやかしにとって下等な生物でしかない人間の茨木童子が、なぜあやかしたちに認められていたのか。

それは、彼女があやかしの錚々たる実力者たちから御朱印を賜り、あやかしの間で偉大な存在だと認識されたからだという。

そんな伝説を知った伊吹と凛は、もし凛の正体がバレてしまったとしてもあやかしたちから一目置かれるように、かつての夜血の乙女と同じく御朱印を集めることにしたのだった。

しかし、まだ凜が集めた御朱印はたったのふたつ。しかもここ数週間、御朱印集めは進んでいない。

「それが、最近鬼の若殿としての仕事が忙しくてな……。なかなか御朱印集めに奔走できないのだ」

伊吹が申し訳なさそうな顔で鞍馬に答える。

三月となり、人間界と同様に年度末のあやかし界。鬼の若殿としての職務に、伊吹は連日振り回されている。

鬼の若殿は、人間で言うと自治体の首長のような立場らしい。

鬼たちを統括し、他のあやかしとの間に起こったいざこざを解消するための道筋を示したり、鬼たちの立場が弱くならないよう法を整備したり……など、まさに鬼の長にしかできない職務内容だった。

ちなみに、現在の鬼の長は伊吹の父親だが、遠方で別居しているため凜はまだ会ったことはない。

伊吹は『父上はのんびり屋で、すでに隠居しているようなものだからなあ。俺にほとんど長の仕事を押しつけているんだよ』と、ぼやいていた。

「あー、そっかあ。三月はいつも伊吹忙しいもんね」

「もう少ししたら落ち着くのだが。すまないな、凛」

「……いえ」

鬼の長という仕事の手伝いという大それたことなど、もちろん凛にできるはずもない。せめて、この家で伊吹が少しでも安らぎを覚えてくれるよう『私になにかできることはありませんか』と尋ねてもみたのだが、『凛がいてくれるだけで、ここは天国だよ』と伊吹は笑うだけだった。

伊吹が自分を大切にしてくれているのは本当に理解しているし、自分にはあまりある幸福だと凛は思っている。しかしこのままでは息苦しさを覚えるようになってしまいそうだ。せっかく皆によくしてもらっているのに、そんなふうに感じては残念だし失礼な気さえする。

それに、この家に住む皆のことを凛は大好きだ。だからこそ、ぼんやりと日々を過ごしているだけになるのは耐えがたい。

だから凛は決意した。ずっと言い出すのをためらっていた、自分のある希望を伊吹に伝えようと。

鬼の若殿（ほぼ長のようなものだが）として本日中にこなすべき職務をなんとか片

づけて、伊吹が主寝室に入ったのは日付が変わる直前だった。

襖を開けた瞬間、凛はハッとした様子で伊吹の方を向いた。

人間としては稀有（けう）な凛の深紅の瞳は、今日もいたいけな光をたたえている。

出会った当初は傷みが目立った長く伸ばした茶色がかった髪も、雪のように白い肌も、屋敷で過ごすようになったこの二カ月で、随分と艶めくようになった。

少しずつ健康的な美しさを放つようになっていく凛を見るたびに、伊吹はますますこう実感するのだ。

凛は自分だけの大切なもの。この唯一無二の存在には、何人（なんぴと）たりとも指一本触れさせまいと。

凛は恭（うやうや）しく三つ指を揃（そろ）える。

「伊吹さん、お疲れさまでした」

「ありがとう、凛」

『そんなに丁寧に挨拶をしなくてもいいぞ』と凛には以前に言ったのだが、『すみません……。でも、こうするとなんだか心地がよくて』と彼女が微笑むので、伊吹は好きなようにさせていた。もちろん伊吹も、自分を立てるような新妻の振る舞いは嬉しい。

伊吹が帰ってくるまで凛は、座卓について読書を楽しんでいたらしかった。卓上の小さな照明の前には、伊吹がすでに読み終えた時代小説の文庫が置かれている。

伊吹は読書が趣味だった。寝室や書斎の本棚には、恋愛やミステリー、ファンタジー小説、随筆などさまざまなジャンルの本がぎっしりと並んでいる。

以前に伊吹が読書をしていたら、凛が興味深そうな顔をしていた。

この家に来るまではゆっくり本を読む暇がなかったが、実はずっと興味を持っていたのだという。

凛の過去を聞くたびに、伊吹の胸は痛み、彼女をいじらしく思ってしまう。だから伊吹は、『いつでも好きな本を読んでいい』と伝えたのだった。

最近、凛は特に読書に興じているらしい。御朱印集めが進まず、時間ができたのだろう。

「凛、まだ起きていたのかい？　嬉しいけれど、無理してはないか」

「いいえ。夢中になって本を読んでいたら、いつのまにか時間が経っていました。それに私、伊吹さんにおやすみなさいとご挨拶をしてから布団に入りたいのです」

そう凛は微笑む。

――また、俺の心をくすぐるようなことを。

基本的に凛は奥ゆかしく引っ込み思案だが、時々ハッとさせられるような嬉しい言葉をはっきりと口にする。

恋の駆け引きを知らない、純粋な凛だからこそ発せられるそのひと言は、毎回伊吹の心臓に甘い衝撃を与えるのだった。

早く多忙な時期を乗り越えて、凛と一緒に過ごす時間を増やしたいものだ、と伊吹が思っていると。

「……あのう、伊吹さん」

凛がもじもじとした様子で、どこか言いづらそうに言葉を紡ぐ。本人は意図せずにやっているのだろうが、上目遣いの潤んだ瞳がなんとも愛らしい。

「どうした？」

「実はちょっと、お願いがありまして」

「凛のお願いなら、すべてを投げうってでも聞く覚悟だ」

「……伊吹さんってば」

大げさな伊吹の物言いを、凛は冗談に受け取ったのだろう。しかし、紛れもなく本心だ。

「それで、お願いとは？」

「えっとですね……」

なかなか打ち明けづらい事柄なのか、凛は言葉を選んでいるようだった。

いったいなんなのだろうと伊吹が凛のお願いをいろいろ想像してみると。

──もしや、そろそろ夫婦の営みを⁉

初心な凛が口にするのをはばかるようなこと……と思案しているうちに思い当たった。

しかし、いまだに唇同士の触れ合いすら躊躇するような凛なのだから、いきなりそんなお願いをするわけはない。

伊吹の冷静な部分はそう主張するが、『いや、可能性がゼロなわけではないではないか』と、凛にぞっこんな伊吹が突っぱねる。

愛する凛を前にすると、伊吹はどうしても冷静さが平常の三割減になってしまう。

彼女をかわいく思うあまり、あらぬ方向に期待を抱いてしまいがちなのだった。

「ど、どうした。言ってごらん」

動揺を必死に抑えつつ、伊吹は凛を促す。

「あの、私……どこかで働きたいんです！」

「……へっ？」

勢いよく放たれたのが想像の遥か斜め上を行く内容だったので、伊吹は間の抜けた声を出してしまった。

「私には特殊な技能がないので働き口は限られてくるとは重々承知ですが、料理や裁縫、雑用ならなんとか誰かのお役に立てるかも……」

虚を衝かれた伊吹のことなどつゆ知らず、凛がいつものように控えめな口調で付け足す。

――俺はなにを考えてるんだ。馬鹿か。

肩を落とす伊吹。ひとりわくわくと興奮していたのに、肩透かしを食らって軽く落ち込んでしまった。

さすがに伊吹の異変に気づいたのか、凛は小首を傾げた。

「あれ伊吹さん、どうしたんですか？」

「な、なんでもないぞ！　……しかし、どうして働きたいのだ？　うちには、君が労働にいそしまなくても十分なくらいの財産はあるのだが」

気を取り直して伊吹が尋ねると、凛は真剣な面持ちで答えた。

「それはもちろん承知しておりますし、ありがたいと常に心得ています。ですが、ただ面倒を看てもらってなにもしないだけの自分が情けなくて……。ここに来る前は自分の意思もなく働かされる毎日でしたが、いざなにもしなくてよい、となるとそれはそれで手持無沙汰なのです」

家族に疎まれていた凛は、生家では幼い頃から奴隷のように働かされていた。過去に伊吹もその場面は目撃しており、目を覆いたくなるような扱いだった。

だからこの家ではのんびりと穏やかに、悠々自適に暮らしてほしい、と伊吹は願っている。

――生真面目で心優しい凛のことだ。なにもしない、というのもストレスなのかもしれないな。

「それで、このお家のお仕事は国茂くんで事足りているようなので、そうなるとどこか外でと考えたのです」

「……なるほど」

凛の言う通り、この家の雑務は国茂がこなしている。彼には彼のペースがあるようで、人に手伝われることを好まないらしい。

以前休日だった時、窓拭きをしている国茂に『俺も一緒にやろうか？』と伊吹が尋ねたら、『自分で順番を考えてやっているから、なにもしないでおくれよ』と断られた経験がある。

凛もちょくちょく手伝いを申し出ているようだが、毎回拒否されているらしかった。

「しかし、働くか……」

眉間に皺を寄せて、伊吹は呟いた。凛を外で働かせると考えるだけで心配でたまらなくなる。

ただでさえ誰にも指一本触れさせたくないくらい、かわいく愛しい嫁であるというのに、その上人間なのだ。

もし、不測の事態が起こり凛の正体がバレてしまったら。魑魅魍魎しかいないあやかし界では、凛の命に関わる事態になりかねない。

できるなら、この家に生涯閉じ込めておきたい。

凛に対する執着心、他者への嫉妬心、彼女を心配に思う気持ちが絡み合って、伊吹の中にはそんな想いすらある。

一方で、凛の意思を尊重したいという気持ちも強くあるのだ。

夜血の乙女と発覚するまで自分の意志すら持つことを許されず、この屋敷に訪れた際も伊吹のされるがままでしかなかった凛が、勇気を振り絞って申し出てくれた。

――これはきっと、喜ばしい進歩なのだ。

「わかった。働いておいで、凛」

「本当ですか⁉」

凛は瞳をパッと輝かせた。

「凛のお願いなら、すべてを投げうってでも聞く覚悟だと言っただろう？　武士に二言はないさ」

「ありがとうございます！」

凛のサラサラの髪を撫でながら伊吹が優しく微笑むと、凛は涙ぐんで喜ぶ。よっぽど深く望んでいたのだろう。

「ただ申し訳ないが、仕事先は俺に任せてくれないか？　できるだけ危険が少ない場所がいいだろう」

自由に選ばせてやりたいが、凛の正体を考えるとさすがにそれは危険極まりない。

「はい、私を受け入れてくれる場所でしたら、どこでも構いません。伊吹さん、ありがとうございます！」

嬉々（きき）とした面持ちの凛。

彼女にとって勤務先はさして重要なポイントではなかったようで、伊吹は安堵した。

伊吹から労働の許可を得た後、畳に並べた二組の布団に入り、部屋の明かりを消す。

伊吹の大きな手のひらが凛の布団の中に入ってきて、凛の手のひらをぎゅっと握りしめてきた。

「……伊吹さん？」

すぐ隣の布団に入っている伊吹の方に首を向けると、慈愛に満ちた微笑みを浮かべている。

「働けると素直に喜ぶ凛がとてもかわいくてな。つい、触れたくなってしまった。……嫌か？」

凛は勢いよく首を横に振る。

「い、嫌だなんてとんでもありません。伊吹さんの手、すごく温かいです」

ひと回り以上大きな手に包み込まれる感覚は、深い安心感を凛にもたらした。

「そうか、よかった。本当は抱擁したいところだが、さすがにこの状況ではいろいろ抑えきれなくなりそうだからなあ」

伊吹が悪戯(いたずら)っぽく笑う。

確かに、手のひらの温もりだけでも十分すぎるくらいなのに、もしここで抱きしめられたりでもしたら。

凛だって、どんな気持ちになるのか想像もつかない。

「……お、お気遣いありがとうございます」

「はは。凛、おやすみ」

「おやすみなさい、伊吹さん」

その後も、伊吹の手は優しく凛のそれを包む。手だけの触れ合いだというのに、凛の全身は深い幸福感で支配された。

伊吹と一緒に暮らすようになって数カ月。彼の体温を感じるたびに、凛は幸せな気持ちになる。

――人を愛した経験も愛された経験も、私にはない。だから、確かなことはわからないけれど。

この幸せな充足感が、もしかして愛と呼ぶものなのだろうか。
そんなふうに考えながら、その日凜は眠りについたのだった。

第二章　白銀温泉郷

「わぁ……」

真っ黒な蒸気機関車の先頭車両に乗っていた凜は、思わず感嘆の声を漏らす。

長い列車の後部が、車窓から伸びるように見えている。トンネルを抜けたら一面雪景色だと伊吹や鞍馬には言われていたものの、目に入ってきた光景が想像以上に美麗で感動してしまったのだ。

「凜、とても美しいだろう？　もうすぐ到着する『白銀温泉郷』は、あやかし界随一の雪の観光地なのだ」

目を細めて、美しい景色を味わうかのように伊吹が言う。

「はい……！　本当に綺麗です」

汽車の車窓の外は、真っ白な深い山々に囲まれていた。

太陽は出ているが、ほんのりとちらつく雪がキラキラと輝いている。とても幻想的な光景だった。

凜が働きたいと申し出た後、なんとか安全な勤務先を……と伊吹が思案したところ、親しい友人が経営している旅館がもっとも適しているだろうと結論づけた。

その旅館が白銀温泉郷にあり、三月の今はすでにシーズン後半だが、まだまだウインタースポーツを楽しむ客であふれていて、かき入れ時らしい。

『外で働くのは初めてだし、まずは知り合いの旅館で短期のアルバイトをしたらどうだろうか』との伊吹の提案に、凜は快く頷いた。

　それでとりあえず短期間だけ働く運びとなったのだが、白銀温泉郷に行くと鞍馬に話したら『白銀温泉郷!? 俺も行きたい！』と懇願された。

　さらに、『そういえば、国茂も最近休みをとっていないではないか』と伊吹が国茂に休暇の提案をし、結局皆で向かうことになったのだった。

　人間界と違って、あやかし界ではあまり自動車は普及していない。羽が生えたり、風に乗って素早く移動できたりするあやかしが多いため、自動車文化は発展しなかったようだ。

　それでも遠方に行く際はさすがに身ひとつでの移動は厳しいためか、鉄道網は各地に張り巡らされている。人間界では懐かしい感じのする、真っ黒な蒸気機関車があやかし界では多かった。

　神秘的な外見のあやかしたちが列車を利用する光景は、凜にとっては情緒あふれるものに見えた。

「まだもうちょっと到着にはかかるよね。そろそろ買った駅弁食べようよ！」

「おっ、いいねー」

　鞍馬と国茂が座席のテーブルをセッティングする。そういえば、ちょっとお腹がすいてきたな……と凜も思った。

「そうだな。いただくとするか、凛」

「はい」

伊吹と鞍馬は牛すき焼き御膳弁当、国茂は海鮮丼、そして凛は幕の内弁当を、先ほど車内販売で購入していた。

「いただきまーす」

皆で声を揃えて挨拶をしてから、各自買った弁当を食べ始める。

「肉めっちゃうまい!」

「あー、やっぱり海の幸だよね」

鞍馬と国茂は幸せそうな顔をして弁当を味わっている。その光景に微笑ましさを覚えながらも、凛も幕の内弁当に箸をつけた。

焼き鮭や卵焼き、エビフライなどさまざまな具が入っていたが、どれもとてもおいしい。

「凛、おいしいか?」

「はい! とっても。なんだか楽しいですね、電車の中でみんなでお弁当って」

こんな経験は凛には初めてだった。

家族旅行だって、自分はいつも置いていかれた。寂しいとはまったく感じず、その期間は自分を叱る人がいないから気が楽だった記憶すらある。

――やめよう、もうあの日々を思い出すのは。

なにかの拍子に、人間界で暮らしていた頃の暗い記憶をまさぐってしまうことがいまだにあった。

だが、もう振り返る必要はまったくない。過去の出来事であり、凛がそんな生活に戻る可能性は皆無なのだから。

「それはよかった。しかし凛の弁当のおかず、おいしそうだな」

伊吹が凛の幕の内弁当をちらりと見る。

何気なく放ったひと言のようだった。しかし奉仕精神が染みついてしまっている凛は、『伊吹さんも幕の内弁当を味わいたいのかも』と勘違いした。

――えっと、でも幕の内弁当は私のひとつしかないし……。ど、どうしよう？　あ、そうだ！

凛は使っていなかったフォークで、まだ口のつけていない卵焼きを刺し、伊吹の口元へと持っていく。

「伊吹さん、よろしければどうぞ」

そう声をかけると、伊吹は少し驚いたような顔をして動きを止めてしまった。

凛はハッとする。

――あっ……。違ったのかも!?　はしたなかったかな!?

行動を間違えてしまったと思い込んだ凛は、「い、伊吹さん、すいま……」と謝りながらフォークを持った手を引っ込めようとする。

しかし伊吹は凛の頭をそっと撫でると、フォークの先の卵焼きを口に含む。

「おいしいよ。ありがとう、凛」

卵焼きを食べ終え、やたらと嬉しそうに微笑む伊吹の様子に凛が安堵していると。

「くっ……。伊吹め、なんてうらやましいんだっ」

鞍馬が口惜しそうに顔を歪ませる。

もちろん凛はなんのことかわからない。

「人間の女の子から『あーん』してもらうだと!? 俺が毎晩のように夢見ていた光景をっ……!」

「えっ……」

鞍馬の言葉に虚を衝かれる凛。

──た、確かに考えてみれば、仲のいい恋人や夫婦がやる「あーん」みたいだったかも……。

相思相愛の者同士にしか許されぬその行いは、凛にとって大それた行為でしかなかった。

意図せずにそんなとんでもない振る舞いをしてしまった自分が恥ずかしくてたまら

なくなり、赤面してしまう。

「いやー、尊いねえ」

海鮮丼をおいしそうに頬張りながら、国茂が目を細めた。伊吹も「そうだろう」なんてのたまっている。

それを見てさらに煽られたのか、鞍馬が凛に詰め寄ってきた。

「凛ちゃん！　俺にもやって！」

「え!?」

突然の要求に凛は戸惑う。

「お願い！　俺の夢なんだよ～。一度でいいからっ。ねっ？」

「そ、その、えっと……」

こんなふうに『女の子からの「あーん」を俺は熱望している！』などと主張されている状況で、色事に免疫のない凛があっさりとできるはずなどなかった。

「ダメに決まってるだろう。まったく鞍馬は……！」

苛立った声を上げながら、伊吹が凛に迫る鞍馬の後頭部に怒りの手刀を入れた。

「いってぇ！　最近なんで叩いてばっかなんだよっ」

鞍馬は涙目になって訴える。

「お前がくだらないことばっかりほざいているからだ」

「くだらないこと!? 女の子からの『あーん』は大事だろうがっ。むしろそれより大切なことなんて数えるほどしかないね!」

「その主張には全面的に同意するが、お前が凛に望むのがくだらないと言っているんだ」

「はー!? かわいいお嫁さんをもらって調子に乗ってんじゃねーの!? 一回くらいいーじゃん!」

「絶対ダメだ。許さない。絶対にだ」

凛も聞き慣れつつあるふたりの掛け合い。国茂も同様のようで、我関せずといった様子で海鮮丼のいくらを味わっている。

手持ち無沙汰になった凛も、国茂を見習って残りの幕の内弁当を食べ始めた。そして、ちょうど完食した頃。

「あ……と、到着したみたいですよ」

伊吹と鞍馬はいまだに兄弟ゲンカを繰り広げていたが、汽車が停車したので凛は告げた。

すると伊吹は何事もなかったかのように凛に笑みを向ける。

「よし。じゃあ早速、俺の友人が経営している旅館に向かうとするか」

座席から立ち上がり、凛の方へと手を差し伸べてくる伊吹。凛はその大きな手を取り「はい」と微笑んだのだった。

伊吹の友人が経営している旅館『龍水荘』は、停車した駅から歩いてすぐの場所に位置していた。

立派な数寄屋門をくぐった先は石畳が整然と敷かれ、雪で真っ白に彩られた竹林はなんとも風情があった。

本館までの道の脇には、凍った水面の下を泳ぐ鯉のいる池があり、その池にかかる太鼓橋が、さらに敷地全体を美麗に仕上げている。

旅館の敷地に入る前も入った後も、大きなスキー板やスノーボードを抱えたあやかしたちを凛は何人も目にした。

もうすぐ雪解けの時期、ウインタースポーツを楽しむあやかしたちで賑わっているようだ。

本館の入り口、自動扉の脇には立派な龍の石像が鎮座していた。目の部分は瑠璃だろうか。青い宝石がはめこまれ、鋭い眼光を放っている。

「それは水龍の像だよ」

石像の荘厳な佇まいに凛が圧倒されていると、その様子に気づいたらしい伊吹が教えてくれた。

「水龍、ですか」

「ああ。ここ一帯は、水龍が加護しているんだよ。水龍の力のおかげで、癒しの温泉が湧き出て豊富な降雪もあるのだと伝えられている。水龍も、百年ほど前までは雪崩や洪水を起こす暴れん坊だったらしいが、茨さま……茨木童子が水龍を従え、鎮めたという伝説もあるんだ」

「へぇ……そうなのですか」

自分と同じ立場にあった茨木童子がこの温泉郷に関わっていたらしいことに、凜は深い縁を感じた。

——私にとって、ここはきっといい場所に違いない。お仕事、頑張らなくっちゃ。

一同が旅館に足を踏み入れると、着物姿の仲居が慌てた様子で駆け寄ってきた。

「伊吹様！　お待ちしておりました。すぐ旦那様を呼んで参りますわ。ロビーの椅子にお掛けになってお待ちください」

深く礼をする年かさの仲居。他の客もちょうど来ていたが、明らかに伊吹に対しての方が丁寧に接しているように凜には見えた。

——やっぱり、鬼の若殿だからかな。

そんなことを考えながら凜が伊吹たちと共にロビーのソファーに座ろうとしたら、紺のストライプ柄の浴衣を品よく着こなした、旅館の旦那らしき男性がやってきた。

「伊吹。よう来たな」

涼しい声音で彼は言う。

伊吹と同じくらいの長身で、年齢は二十代半ばから後半くらいだろう。白藍色の短髪がとても幻想的で、雪見宿の旦那らしい上品な風情を醸し出していた。

髪と同色の細めの瞳には穏やかな光が宿り、凛たちに優美な笑みを向けている。

物腰が柔らかで、落ち着きはらった佇まい。懐の深そうな男性だなというのが、凛が抱いた彼への第一印象だった。

「瓢（ひさご）。このたびはありがとう」

伊吹が軽く会釈をしながら挨拶をする。

彼に倣って、凛は深々と頭を下げた。

──瓢って、確か瓢箪（ひょうたん）のことだよね。そういえば、旅館の暖簾（のれん）や看板に瓢箪のマークが入っていたっけ。

旦那の名前を旅館のモチーフにしているのだろう。

「お嬢ちゃん、そんなに恭（うやうや）しゅうせんでええで。君が今日からここで働いてくれる、伊吹のお嫁さんやんな？」

凛に穏やかな声で尋ねる瓢。

言われた通り頭を上げると、彼は優しく微笑みかけてくれた。

瓢については、ある程度の情報を事前に伊吹から得ていた。

彼は蛟という水を司るあやかしで、人を食わない種とのこと。親同士のつながりがあったため、伊吹とは子供の頃からの友人同士だそうだ。

「そうだ、瓢。あらかじめ話していた通り、この子が俺の嫁だよ」

はっきりと他人に『俺の嫁』だと言われたことと、そう自分を紹介した伊吹の声がどこか弾んでいたように聞こえた凛は、嬉しさを感じながらもこう続けた。

「り、凛と申します。ふつつか者ですが、何卒よろしくお願いいたします」

「凛ちゃんな。なんや、嫁入り前の挨拶みたいやな」

からかうように瓢が言うと、伊吹は瞬時に不機嫌そうな面持ちになった。

「それはいったいどういう意味だ？　凛には指一本触れさせないからな」

目を細め、圧を込めたように伊吹が声を低くする。

傍らの鞍馬から「まーた始まった、伊吹の独占欲」という呆れた声が聞こえてきた。

国茂は興味がないのか、近くの水槽の熱帯魚をじっと眺めている。

――わ、私、変なこと言ったかな。

自分のひと言によって不穏な成り行きになってしまったようで、内心とても焦る。

「ははは、伊吹の嫁に手を出すなんて、そんな恐ろしいことしいひんよ。冗談やで。なんや、思っていた以上に新妻にご執心やなー」

首を横に振りながら瓢が笑うと、伊吹の表情が緩む。

「そりゃそうだ。まだ俺たちは新婚なのだから」

「はー、ええなー。うらやましいわ」

「瓢は結婚の予定はないのか？」

「今のところ全然やな」

親密な様子で会話を始めたふたりを見て、凛は安堵する。

どうやら伊吹と鞍馬のやり取りと似た、友人同士の掛け合いだったようだ。

「ってなわけでよろしゅう、凛ちゃん」

伊吹との会話が一段落したところで、瓢が改めて凛に挨拶してきた。

「はい、よろしくお願いいたします」

凛も笑みを浮かべて丁寧に答えると。

「あれ……？」

瓢が不思議そうに首を傾げた。

今までは伊吹の相手をしていたため、初めてちゃんと凛の顔を見ているようだったが、どこか腑に落ちないような面持ちをしている。

「あ、あの……なにか？」

マジマジと顔を見られ、凛は戸惑いながら尋ねる。

するとは瓢はハッとし、明らかな作り笑いを浮かべた。

「い、いや！　なんでもあらへんで」

「……おい瓢。やはりお前、凛がかわいくて見惚れていたんじゃなかろうな……？」

「こわっ、ちゃうで。いや、もちろんかわいいけども！　っつーわけで凛ちゃん、今日から頼むでー」

再び伊吹にすごまれて、慌てて否定する瓢。

自分の目の届かないところで働く凛が伊吹は心配なのだろう。だからやたら瓢につっかかるのだ。

凛にはとても納得できるし、もちろん嬉しくもある。

「勤務は今日からやったな。伊吹と泊まる部屋にまずは案内するから、荷物を置いたらフロントに戻ってきてくれへん？」

先ほどのやり取りなどなかったかのように、瓢が気さくに声をかけてきた。

「はい、かしこまりました」

とりあえず仕事については問題なさそうだったので、凛は瓢の反応については気にしないことにした。

しかし、部屋に荷物を置いてからフロントへ戻ると。

「凛ちゃん。……君は鬼、やんな？」

周囲に聞こえないような小声で瓢が尋ねてくる。意味深な声音だった。明らかに、『鬼の匂いがするけれど、本当にそうか？』と問いかけている。

さっきの違和感のある態度は、凛の正体に対してなんらかの疑いを持ったためだったのだろう。

――もしかして、私を人間だと疑っている……？

凛を人間だと知っている人物は、数名に限られる。

まずは夫である伊吹と、同居している鞍馬、国茂。他にも、伊吹の祖父の酒呑童子に仕えていた星熊童子（ほしぐま）や、鞍馬の母である天逆毎（あまのざこ）もいるが、星熊童子は他言しないはずだし、天逆毎は伊吹に妖力を奪われて現在はただの烏（からす）になっている。

それ以外には、いくら信頼できるあやかしでも凛の素性は隠している。どこで情報が漏れるかわからないから。

瓢も伊吹にとって信用のおけるあやかしであるには違いないが、明かしてはならないだろう。

「はい、私は鬼です。妖力は弱いですが」

凛は瓢をまっすぐに見つめて、はっきりと告げる。嘘（うそ）は不得意だが、伊吹との約束を守ることに迷いはなかった。

すると、やや強張った顔をしていた瓢が表情を緩ませる。

「あー、そうやんな。ごめんごめん、昔会った女の子にちょっと似とったもので。でもその子が鬼なわけないし……。人違いやったわ、気にしいひんでな」

凛が断言したので、どうやら信じてくれたらしい。瓢は軽く笑う。

ひょっとして人間界にいた頃に会ったことがあったのでは……とも考えたが、凛は彼に見覚えがない。

あやかしの知り合いなんていなかったし、こんな綺麗な水色の髪と瞳の持ち主を忘れるわけなどない。本当に瓢の勘違いだったようだ。

その後、瓢から仲居の女性を紹介され、仕事内容について説明された。

凛の仕事は主に仲居の補助業務で、彼女の指示に従って簡単な雑用をこなすのが主な業務だそうだ。繁忙期なのでいくらでも仕事があるらしい。

仲居と同じ着物に着替えてから、指示された通り部屋や廊下の掃除、食事の準備などに取り組む。仲居の女性たちは皆優しく、丁寧に仕事内容を教えてくれた。

ちょっとした失敗は何度かしてしまったが、怒鳴ったり責めたりする者はおらず、「次から気をつけてね」と凛は軽く注意されるだけ。

賃金をいただくのだから全力で仕事に取り組まねば、という姿勢で常に勤務していたところ……。

「凛ちゃんはとても真面目だねぇ」

「旦那様もいい子を入れてくれたわ～。短期とは言わずに、ずっといてくれたら助かるのにさ」

そんなふうに仲居の皆が褒めてくれた。

もともと家族に家事のすべてを任されていた上に、素早く完璧にこなさないと恫喝(どうかつ)される日々を送っていた凛だ。ある程度はお役に立てるかもしれない、とは考えていたが、まさかこんなにも快く受け入れてもらえるとは。

――ここで働くの、すごく楽しい……！

美しく洗練された内観の旅館に、優しく心の広い先輩たち、宿泊客のためになるやりがいのある仕事。まさに、手持ち無沙汰で伊吹の屋敷でぼんやりとしていた凛が求めていた環境だった。

「凛、お疲れ！　仕事はどうだったかな？」

一日の労働を終え、本日伊吹と宿泊する部屋に足を踏み入れた瞬間、伊吹が凛に駆け寄ってきて、開口一番、今日の様子を尋ねる。

当初、伊吹は『心配だから凛が働いている様子を見たい』と瓢に申し出ていた。しかし『凛ちゃんは普通に働きたいんやろ？　だからそんなんはダメや』と拒否されたのだ。

凛ももっともだと感じて瓢に同調すると、伊吹は渋々諦めたようだった。勤務中は伊吹の姿をいっさい見かけなかった。

きっと部屋にこもっているか、外出でもして仕事中の凛を目に入れないようにしていたに違いない。

――伊吹さんは、私との約束をいつだって守ってくれる。

「とても楽しかったです。皆さん、とても優しく仕事を教えてくれて……。ここならば、期間中頑張って働けそうです」

一日の出来事を思い出しながら凛が満面の笑みを浮かべて答えると、伊吹は大層安堵したように表情を緩ませる。

「そうか！　ああ、よかった。どんな仕事をさせられているのか気が気じゃなかったが、楽しかったならなによりだ」

「はい、とても。……それにしても伊吹さん、ちょっと心配しすぎですよ」

「そりゃ心配するだろう？　凛は俺の大切な花嫁なのだから」

と、凛の頬をそっと撫でる伊吹。

『俺の大切な花嫁』。

伊吹は、ことあるごとに凛をそう呼んで慈しむ。

出会った頃は半信半疑だったその言葉も、今では聞くたびに深い安心感と伊吹からの強い愛情を感じられる。自分を真に大切だと慈しんでくれているのだ、と。

「ありがとうございます。ところで鞍馬くんと国茂くんは、お部屋にいらっしゃるのですか？」

鞍馬と国茂は、伊吹と凛のツインルームとは別のシングルルームをそれぞれ取っているはずだ。

彼らの姿も、勤務中はまったく見かけなかった。

「ああ。鞍馬はスポーツが好きだから、今日一日ゲレンデでスノーボードを楽しんでいたようだよ。国茂は、猫又ご用達のこたつカフェに行くと言っていたな。ふたりとも、もう部屋には戻っているかもしれんが」

「スノーボードに、こたつカフェですか……いいですね」

ここは一大観光地の白銀温泉郷。老若男女問わず、楽しめるスポットはたくさんあるはずだ。

元気にボードを乗り回している鞍馬や、他の猫又たちとこたつでぬくぬくしている国茂を想像して、凛はほっこりとした気分になる。

――私はお仕事に来ているから、そういうのを楽しむことはできなさそうだけど。しかし仕事自体にとてもやりがいを感じているので、観光ができなくても特に凛には不満はない。今感じている、労働後の心地よい疲労感と充足感だけで大いに満足だった。

「凛、こっちにおいで」

窓際に移動した伊吹が凛に手招きをする。

なんだろう、と凛が寄ってみると。

「わあ、とても綺麗です……！」

窓の外に広がっているのは、雪化粧した山々や他の旅館の建物と、三日月の出た夜空が彩る幻想的な光景。建物から漏れる光が周辺の白雪をほのかに橙色(だいだいいろ)に染め、藍色の夜空と真っ白な雪原のコントラストが、なんとも神秘的で美麗だった。

「一番景色がいい部屋を、と瓢にお願いしたんだよ。思った以上に美しいな」

「本当ですね……！　瓢さんにお礼をしなくては」

「ああ、そうだな」

喜ぶ凛を目を細めて眺めながら、伊吹は満足そうに答える。

自分を大切にしてくれている彼と共に眺める雪の絶景は、凛をロマンチックな心情に浸らせた。

「……それで凛。ちょっと話があるのだが」

珍しく伊吹がどこか遠慮がちに言葉を紡いだ。

「なんでしょうか？」

「ちょっと仕事が忙しくてな。明日から三日ほど、ここに戻ってこられなくなってしまったのだ」

　形のよい眉を下げ、いかにも無念そうな面持ちとなる伊吹。

「三日間……。そうなのですか……」

　凛も、心底残念な気持ちになった。

　鬼の若殿の仕事でひと晩を留守にする機会は今までにもあったが、三日間も会えないのは初めてだったのだ。

　──だけど、こんなことくらいで気落ちしちゃダメだよね。伊吹さんが心配してしまうわ。彼は私を信じて、働きに出るのを応援してくれているのだから。

　自分を奮い立たせ、凛は伊吹に微笑みを向ける。

「お仕事頑張ってくださいね。私も精いっぱい頑張ります」

「……あれ。三日くらい会えなくても凛は平気なのか？　俺は嫌で嫌でたまらないのだがな」

「えっ……。そ、それは嫌ですけど……！」

　──しまった。ここは素直に『寂しいです』って言った方がよかったのかな……。

　伊吹の反応を見て凛が自身の言動に後悔していると、伊吹は笑い出した。

「ははっ。相変わらずおもしろいなあ、凛は」

「え……？」

凛はなにがおもしろいのかまったくわからず、困惑してしまう。そんな凛をおかしそうに見ながら、伊吹はいつものように髪を撫でてきた。

「いや、俺に心配をかけまいと元気に振る舞ってくれたのだろう？　そういう健気なところが、俺は好きだよ」

凛の内心など、鬼の若殿様にはお見通しだったらしい。なんだか気恥ずかしくなって、凛は顔を赤らめる。

「それで、俺たちが三日間会えないとなるとだな。お互いに寂しいということと同じくらい大きな、別の問題があってな」

「別の問題とは？」

「匂い、だよ」

「あ……！」

伊吹に指摘された瞬間、凛は察した。

伊吹からの頬への口づけによってつけられる鬼の匂いは、一日で綺麗さっぱり消失してしまう。つまり、伊吹と三日間会えないとなると、途中で凛から鬼の匂いが消え、人間の匂いを辺りに漂わせることになる。

当然、周囲のあやかしには凛の正体が人間であると悟られてしまうだろう。

「凛がまだ心の準備ができていないという状況だから、無理やりのようになってしまって俺も不本意なのだが……。すまないが、鬼の匂いを持たせるには唇同士を合わせるしかない状況になってしまった」

心から申し訳なさそうに伊吹は凛を見つめる。

――本当に、優しい人。

仕方のない状況だというのに、凛の心情を第一に考えてくれているのがひしひしと伝わってきた。

「伊吹さん。私実は……もう伊吹さんと唇を重ねたいと、少し前から思っていたのです」

凛は伊吹をまっすぐに見つめてそう告げた。

「え？　そうだったのか⁉　ならばもっと早く言ってくれてよかったのに」

「本当にその通りですね……。ですがどうしても切り出せなくて。いえ、私がそんなふうに望んでいいとはどうしても考えられなくって……」

たどたどしく自身の複雑な心境を凛は吐露する。やはりうまく説明するのが難しい。

しかし伊吹は、歯がゆそうに凛を見つめた。

「当たり前だ。凛は俺の嫁なのだ。望んでいいに決まっている。……が、凛の今までの環境ではそう考えるのが難しかったのだろうな」

詳しく説明していないというのに、伊吹は瞬時に凛の気持ちを察してくれた。嬉しさが込み上げて、凛は涙ぐみそうになってしまう。

「……はい。ご理解いただけて嬉しいです」

「俺は凛について、なんでもわかりたいのだ。だが、つまり唇と唇との口づけをしたいと凛は思ってくれているのだな？」

伊吹の問いに、凛はゆっくりと深く頷いた。

「はい」

「そうか！」

伊吹は勢いよく凛を抱きしめる。

こんなに喜んでくれるのなら、もっと早く素直に打ち明ければよかったと、凛は心から思った。

そして伊吹は目を細め、艶っぽく凛を見つめた。

熱のこもった視線を至近距離でぶつけられ、心臓の鼓動が大きくなった凛は、どうしたらいいかわからず瞳を閉じた。

少しの間があってから、凛の唇に柔らかく熱い感触がした。

伊吹の唇が重ねられただけで、凛の全身が熱を持つ。体の奥底から、じわじわと深い幸福感が湧き上がってきた。

「なんだか、ますます凛を愛しく感じたよ」

口づけが終わった後、伊吹は優雅な笑みを浮かべて囁く。

凛は恐る恐る瞼(まぶた)を開いた。

口づけの際に凛の頬に添えられた伊吹の手のひらはいまだに残っており、目と鼻の先に伊吹の麗しい顔が存在している。

いつも以上に自分への情愛がこもった表情を至近距離で目にし、さらに凛の胸は高鳴った。

自分がこんなふうに愛のあふれた口づけをされる時が訪れるなんて。あまりの幸福に、これは夢なのではないかという疑念すら生まれてしまう。

凛は顔を真っ赤にしながらもやっとのことで彼に微笑み返す。

「……私もです」

凛がそう答えた後、ふたりは再び唇を重ねた。

――明日から三日も会えないんだ。

伊吹の熱を唇から受け取った後、改めてその事実を思うと、無性に恋しい気持ちになった。

あくる日、伊吹は瓢に「凛のことをよろしく頼む」と言づけた後、「凛、無理しないようにな。なにかあったら瓢に言うんだぞ」と凛の頭を撫でた。そして鞍馬と国茂と共に、旅館を去っていった。

——さて。お仕事、頑張らなくっちゃ。

伊吹と三日も会えないのは確かに寂しい。しかし、仕事に一生懸命取り組んでいれば、きっと三日なんてあっという間に違いないはずだ。昨日も、仕事に精を出していたら時間が経つのがとても早かった。

そんな凛の考え通り、仲居の指示に従って朝食の準備や後片づけ、チェックアウト後の部屋の清掃などに真面目に取り組んだら、瞬く間に午前中は時が過ぎ、すぐに昼休憩の時間になった。

食事処で賄い飯を食べ終えた後、館内を歩き回る。

仕事をより円滑に行うため、館内についてもっと詳しく知りたかったのだ。

そしてしばらく本館内を見回った後、外の美しい庭園を散策して風情を味わってみたくなった。

庭園に出ると、石灯籠や庭木が白い雪で彩られ、想像以上に趣のある光景だった。凍った池の周辺には宿泊客が何組かいて、見事な錦鯉をしげしげと眺めている。

——見ているだけで、心が清々しくなるようなお庭ね。

そんなふうに、美麗な日本庭園に凛が爽快感を覚えていると。

「……？」

池の奥にある茂みの陰に、小さな人影が見えた気がした。

そんな狭く鬱蒼（うっそう）とした場所に故意に入る者がいるのは不自然だ。気になった凛は、近寄って茂みの陰を覗（のぞ）き込む。

すると、そこにいたのは。

――あやかしの、男の子？

まだ幼児といっても差し支えないほどの、甚平を着た小さな男の子だった。

鮮やかな紺碧（こんぺき）の短い髪と瞳は、どこか蛟である瓢に似ている。耳が魚のひれのような形状をしているのもあり、この子も水を司るあやかしなのかもしれない。

「こんなところでどうしたの？　お父さんやお母さんは？」

宿泊客の子供だろうと推察し、そう声をかける。しかし男の子は所在なさそうな瞳を凛に向けるだけで、なにも言葉を発しない。

その後も「どこから来たの？」「迷子になっちゃった？」と凛はいくつか質問した。男の子は首を縦や横に振ったりはしたが、いっさい口を利かなかった。

――もしかして、しゃべれないのかな。

そんな考えに、凛が行き当たった時。

「凛ちゃん、こんなところでなにをしているの？　あ、今休憩中よね？　終わった後の仕事なんだけど……」

たまたま通りかかった仲居の女性が声をかけてきた。

「あの、すみません。この男の子、迷子になっちゃったみたいで。お客様のお子様ではないかと」

男の子を手で示しながら凛が仲居に報告すると、彼女は不審そうに眉をひそめた。

「男の子？　どこにいるの、そんな子」

「え……？」

凛の眼前には、今も紺碧の髪の少年がしゃがみ込んでいる。位置的には仲居もしっかり見えていなくてはおかしい。

だが、仲居はまるでそこになにも存在しないかのように、きょろきょろと辺りを見渡している。凛をからかおうとしているわけではないだろう。本当に、彼女の瞳にはその少年が映っていないらしかった。

――もしかして。この子、私にしか見えていない？

そう思い当たった瞬間、凛はさまざまな可能性について思考を巡らせた。

少年の外見はあやかしのようだが、自分にしか見えていないとなると、人間にしか見えない存在なのかもしれない。

そうだとしたら、この少年の存在をむきになって主張するのは非常にまずいことになりかねない。

——でも、ひとりでいて寂しそうだし……。やっぱりちゃんと誰かに伝えた方がいいのかな。

そう考えたが、少年がぶんぶんと首を横に振った。『自分のことは話さないでくれ』と主張しているのだと凛は理解する。

「あ……すみません。ちょっと目を離した隙に、どこか行っちゃったみたいです。親御さんのところに戻れたのかも」

凛がとっさに弁明すると、仲居は「なんだ、そうなの？　まあ、迷子を見つけたらまた相談してね」と朗らかに微笑む。どうやら納得してくれたらしい。

それから、休憩後の仕事の説明をした後、仲居は持ち場に戻っていった。

凛は人目につかぬよう、自分も茂みの陰に隠れて小声で少年に話しかける。

「ごめんね、私今からお仕事だからもう行かなくちゃ……」

途端に、少年は切なそうに顔を歪ませた。言葉をいっさい発してくれないので詳細は不明だが、本当に迷子のような状況なのかもしれない。

「でも、また後で来るからね」

今度は瞳をパッと輝かせる少年。純粋で素直な様子に、かわいいなと凛は微笑ましい気持ちになる。

そして午後の休憩時間に再び凛が中庭を訪れると、男の子は池のほとりに設置された床几台(しょうぎだい)に腰を下ろしていた。

ちょうどたまたま宿泊客の夫婦が通りかかり、少年が座る床几台に腰掛けた。彼がすでにそこにいるのにもかかわらず、まったく気にも留めずにふたりで床几台を占拠する。

――やっぱり。他の人にはこの子が見えないんだ。

夫婦の行動を見て、凛は確信した。

「遅くなってごめんね」

不機嫌そうに床几台からどいた男の子に、凛は周囲に気取られないよう小声で話しかけた。

すると少年は声を発しないまま、満面の笑みを浮かべる。そして凛の手を引いて、茂みの裏へと連れていった。

地面には、丸まった雪玉がひとつできていた。その横の雪の上には、雪だるまらしき絵が描かれている。

「もしかして、雪だるまを作ろうとしていたの？」

少年は嬉しそうに微笑んで、こくこくと頷いた。

――まだ休憩時間は二十分くらい残ってる。少しなら一緒に遊べるよね。

「よし、じゃあ一緒に作ろっか！」

凛がそう提案すると、少年はきらきらと瞳を輝かせる。

そしてふたりは雪の上で雪玉を転がして大きくしたり、ふたつ重ねた雪玉の上部に顔を作ったりして、雪だるまを完成させた。

「うん！　かわいくできたね！」

凛にとって雪といえば、雪かきを命じられる憂鬱な事象だった。

雪で遊んだ経験がなかったため、凛自身も雪だるまづくりはとても楽しく、完成した雪だるまを愛おしく感じた。

もちろん、一緒にそれを作った無邪気な少年のことも。

「あっ、もう休憩時間終わりになっちゃった……。ごめんね、私もう行かなくちゃいけないの」

申し訳なさそうに凛が告げると、少年は一瞬シュンとした面持ちになったが、ぎこちなく微笑んで頷く。

凛を困らせまいとしているのが手に取るようにわかり、その健気さに胸を打たれた。

また時間があったら来るから、と凛は少年に伝えてその場を後にする。彼はぶんぶんと大きく手を振って凛を見送った。

——あの子の正体は結局わからないけれど。ひとりぼっちでいる間は、できるだけここに来てあげよう。

笑顔で少年に手を振り返しながら、凛は胸の中で決意した。

休憩の後、凛が仲居に頼まれたのは、チェックイン済みの女性を客室へと案内する業務だった。

「こちらです」

仲居に教わった通りに客室へ女性を連れていき、部屋の使い方や食事の時間、入浴の仕方などを説明する。

ひと通り案内を終えて、ふと客の女性を見ると、高級旅館にやってきたというのにとても浮かない顔をしていた。

大きな蜘蛛が描かれた鮮やかな赤紅色の着物をまとっている、まだ若い女性だった。顎下くらいまでの波がかった黒髪には紅色のポイントカラーが入っており、蜘蛛の巣がモチーフの髪飾りをつけている。

蜘蛛が関わっているあやかしなのだろうか。とても派手で個性的な出で立ちだが、釣り目で気の強そうな美人の彼女にはとても似合っている。

しかし、その風貌にはまったくそぐわないと思える気落ちした様子が、凛にはとても気になった。

――だけど、お客様のプライバシーに関わることだし……。突っ込んで聞いちゃダメだよね。

そう思いつつも、せっかく雪景色の見られる綺麗な部屋を訪れたのだから、少しでも楽しんでほしい。

「あの。お部屋に置いてあるお茶がとてもおいしいのです。よかったら、お淹れしましょうか？」

せめてお茶の味だけでも堪能してくれればと提案すると。

「えっ……？　あ、そうなんだ。ふーん、それじゃもらうよ」

座椅子に身を預けていた女性は、急な凛の声がけに少し驚いた様子だったが了承してくれた。

ここに来て初めて彼女が話したのを聞いたが、高めのかわいらしい声だった。

その声と、小柄で華奢（きゃしゃ）な彼女がいかつい格好をしていることにギャップを感じ、とても魅力的な女性だなと凛は感じる。

「はい、どうぞ。よろしければ、お着き菓子のお饅頭（まんじゅう）も一緒にお召し上がりください。上品な甘さと評判ですよ」

ローテーブルの上にお茶が入った湯呑（ゆの）みを置き、あらかじめ用意してあった饅頭に視線を向けつつ、凛は女性に告げた。

女性は「あ、うん」と気のない返事をした。

凛がお茶を用意している間も、彼女は心あらずといった様子でぼんやりと外を眺めていた。お茶を眼前に置いても、無言で湯呑みを手に取る。

「……あっ。本当においしいじゃん」

「本当ですか⁉」

「うん。ありがと、お姉さん」

女性はニコリと微笑んだ。

彼女が初めて見せた明るい表情に、凛も自然と頬が緩む。

すると、そんな凛を見て女性は急に笑い出した。

「あはははっ！　ふふっ。あー、あんたおもしろいわ～」

「え⁉　な、なにか失礼があったのでしたら、大変申し訳ありませんでした」

「ううん、違うって。あんた、さっきまであたしのこと心配そうに見ててくれたじゃん？　それなのに、あたしがお茶飲んで『おいしい』って言ったら、すっごく嬉しそうに笑ってさー。表情がわかりやすすぎておもしろいなーって！」

「え……」

凛には意外すぎる言葉だった。

昔から、無表情でなにを考えているかわからない、気持ち悪いと言われてばかりだった。人間界にいた頃は、できるだけ心を殺すよう努めていたためだ。

そうすれば周囲の人間にどう虐げられても、どんな暴言を吐かれても、なにも感じずに済んだから。きっと表情も氷のように固まっていたに違いない。

しかし伊吹は、あやかし界に来たばかりの頃、凛を優しくこう諭したのだ。

『嬉しい時は素直に笑ってくれ。そんな凛の顔を見れば、こっちまで嬉しくなる。そして悲しい時やつらい時、怒りを感じた時も遠慮せずに顔に出すんだよ。俺は凛のいろいろな表情が見たいのだ』

その言葉には素直に喜びを感じたが、今まで感情を抱くのもそれを表に出すのも我慢していた凛にはとても難しいことに思えた。きっと当分の間、そんな伊吹の望みは叶(かな)えられないだろうな、とも。

——だけど、もしかして私はそれが自然とできるようになってきている……？　素直に感情を抱き、それを顔に出すことが。

「あたしさー、糸乃(いとの)って言うんだ。あんたは？」

自分の変化に戸惑っていたが、彼女——糸乃が名乗ってきたので、凛はハッとして答える。

「あ……。私は凛と申します」

「ふーん、凛か。ね、凛。あたし、ちょっと長くここに滞在するかもしれないんだよね。だからさ、よろしく頼むよ」

「そうなのですね。スキーやスノーボードをお楽しみに？」

多くの宿泊客がウインタースポーツを楽しむために龍水荘を訪れている。彼女もそれが目的なのだろうと、単純に凛は考えたが。

「いや……そんな爽やかな話じゃないんだよね。残念ながらさ。そもそもあたしは寒いのは苦手だしね」

笑顔に陰りを作って糸乃はそう答える。

そういえば、彼女の荷物の中にはスキー板もボードも見当たらない。レンタルもできるようだが、長期滞在してスポーツをするほどの熱意があるなら自前の用具を持っていないと不自然だ。

また、あと十日もすれば雪解けが始まって雪質が悪くなってしまうと瓢が話していたのを凛は思い出した。三月上旬の現在は、雪上のスポーツが楽しめるギリギリの時期なのだ。

となるとやはり、この時期に長期に宿泊をするならば、ウインタースポーツ以外に目的があるのだろう。

——だけど、爽やかな話じゃないってどういう意味なんだろう。最初に暗い顔をしていたのは、その目的が関係あるのかな。

気になったものの、部屋の案内が終わった後はすぐに宴会の準備をするよう仲居に頼まれていた。

　糸乃に軽く挨拶をしてから客室を退室し、凛は宴会場に向かった。

「凛ちゃん、それじゃああとはこの座布団を倉庫に戻しておいてくれるかしら？　それで今日のお仕事は終わりにしていいわよ。むしろ就労時間が過ぎてしまっていてごめんなさいね」

　宴会が終わり、仲居数人と共にあらかた片づけを終えた後。客が使った座布団を凛が重ねていると、仲居のひとりにそう言われた。

　確かに、すでに既定の就労時間を少しだけ過ぎている。仕事に集中していて気づかなかった。

「はい、かしこまりました。倉庫に戻せばいいのですね」

「ええ、そうよ。今日も一日お疲れさま」

「お疲れさまでした」

　仲居に一礼した後、重ねた座布団を抱えて倉庫へと歩き出す。しかし座布団の枚数が多すぎたのか、うまく前が見えない。

　落とさないように慎重に運んでいたが、倉庫の手前で一番上の座布団が床に落下してしまった。仕方なく一度座布団をすべて床に置いて、落ちた一枚を拾おうとしたが。

「はい、落としたよ」

柔らかな男性の声だった。親切な通りがかりの宿泊客だろうか。凛が抱えている座布団の山の上に、落ちた一枚を重ねてくれたのだ。

「あ、ありがとうございますっ！」

必死に抱えながらも、凛は礼を述べる。そして座布団を片づけてから、改めて男性に礼を言おうと凛が倉庫を出ると。

「ひっ……！」

凛は思わず喉の奥で悲鳴を上げた。

どこかで聞き覚えのある声だと思ったのだ。しかし、まさか彼がこんなところにいるとは微塵も考えていなかった。

「ひどいなあ。そんなにあからさまに嫌な顔しなくてもいいじゃないか」

彼は虫も殺さぬような顔をして、のんびりとのたまう。

女性と見紛うほどの美しい顔。黒い法衣に、煌びやかな銀髪、首や耳、腕や指にはシルバーのアクセサリーが輝いている。

「……椿さん。そんな、私は別に嫌な顔など……」

はっきりと否定ができなくて、凛は口ごもる。

そう、彼は牛鬼のあやかしである椿。あやかし界ではなかなか有名な存在で、『椿コーポレーション』という大きな商社の経営者でもある。

常に穏やかな笑みを浮かべているが、腹の内はまったく読めない。

凛の正体を人間だと感づいているような素振りを見せるが、伊吹も凛もその件についてはすっとぼけるようにしていた。

人間を食らう種族である牛鬼だからか、椿は凛を狙っている節がある。しかし、伊吹が窮地に陥った時には手を貸してくれたこともあり、本当になにを考えているのかわからない。

——どうしてこんなところに、この人がいるのだろう。

得体の知れない存在である椿を、凛は不気味に思っていた。きっと彼の言葉の通り、『嫌な顔』をしてしまっていたのだろう。

「君を助けたのは、これで三度目だねえ。崖から落ちそうになった時と、天逆毎とかいうおばさんに襲われていた時と」

確かに、椿には助けてもらった機会の方が多いのだ。しかし彼の立ち居振る舞いが理解できなさすぎて、凛はどうしても気味が悪い印象を拭えない。

「……その節は、どうもありがとうございます」

「はは、やっぱり俺が苦手みたいだねえ。そのかわいい顔に、そんな気持ちが出ているよ。少し前はお人形さんみたいに無表情だったのにねえ。ま、表情豊かな君も乙なものだな」

椿は凛をじっと見つめてくる。銀色の深く美しい瞳は、妖しく吸い込まれるような光を放っていた。

このまま椿の瞳を見続けていたら心を侵食されてしまうような気がして、凛は思わず目を逸らした。

「だから、そんなに俺を怖がらなくてもいいんだよ？　こんな状況で君になにかしたら、真っ先に俺が疑われるしなあ。君に夢中な鬼の若殿様にぶっ殺されるなんて、俺も勘弁だからね。ここには部下と旅行で訪れただけだ。君に手出しする気はさらさらないから、安心してくれていいよ」

「……はぁ」

どう返事をしたらわからず凛が曖昧に答えると、椿は口角を上げたままご機嫌な様子で去っていった。

――本当に、なにもしてこない……のかな。

椿がなにをしたいのかはいまいちわからないが、凛になにかしらの感情を抱いているのは感じている。

人間――貴重な夜血の乙女に対して、なんらかの執念を。

しかし椿の言うことももっともで、この状況で凛が危険な目に遭ったとしたら、真っ先に伊吹は椿に疑念を抱くに違いない。椿は、そんな危機を自ら犯すような阿呆なあやかしではないはずだ。

——うん。気にしないで、私は今まで通り働こう。

凛が密かにそう決意をしていると。

「凛ちゃん。今、椿と話してへんかったかいな？　まさか知り合い？」

たまたま近くを通りかかった瓢が、心配そうな面持ちをしながら凛に駆け寄ってきた。

「……はい。知り合い……といえば、そうですね」

決して親しい間柄ではない。『知り合い』というよそよそしい表現が、もっとも適当な気がした。

「そうなのか。凛ちゃんも知ってはいるだろうけど、あいつは裏でいろんな噂のある要注意人物でなあ。表向きは善良なあやかしだから、宿泊を断ることはできなくてしゃあなくて泊めてるんやけど……」

しかめ面で話す瓢。伊吹と同じで、彼も椿を警戒しているらしい。

「まあ、こんな大きな旅館で大っぴらになにか騒動を起こすような馬鹿ではないから、大丈夫なはずだけど。なにか危険な匂いがしたら、遠慮なく俺に言うてな。君は伊吹から預かった大事なお嫁さんやさかい」

「はい、ありがとうございます」

「伊吹がいない間は俺が守るさかいね。……そやけど椿のやつ、いつまでおりやがるんやろ。あいつ、ここの山を切り崩してスキー場やリゾートホテルの建設の計画を立ててるんや。自然を壊さない程度に温泉や雪山の観光を楽しもうとしている老舗旅館側の俺たちは、椿コーポレーションの事業計画には大反対でな」

「山を切り崩して……。そうなのですね」

椿の商会はあやかし界の中で随一の大きさだと以前に伊吹からも聞いたが、まさか観光業界にまで手を出しているとは。業務の幅の広さに凛は驚かされる。

「ここに宿泊してんのは部下との慰安なんてほざいてるけども、開発の下見やろうな。……まったく、あいつの計画には地元民にも賛成派がいるおかげで、毎年やっていた龍神を崇める祭りも中止になるし、手下どもと一緒に遊びで野生動物の狩りなんて始めやがるし……。本当に迷惑なんやなあ」

忌々しそうな表情の瓢。相当椿の存在が気に入らないようだった。

――お祭りまで中止に。椿さんの影響力って、やっぱりすごいんだ……。

凛のあずかり知らないところにまで椿の勢力が盛んなことに、ますます彼の存在を不気味に感じていたら、瓢がハッとしたような顔をした後、微笑みかけてきた。

「おっとごめんごめん。凛ちゃん、もう仕事が終わりなんやろ？　それなのに話し込んでもうたな」

「あ、いえ」

「今から部屋に戻るところ？」

「ええ、そうなん――」

そうなんです、と言いかけた凛だったが途中でけたたましい叫び声が聞こえてきたので口をつぐんだ。

「もうもう！　い、いったいどういうことなのようっ！　まったく、あたしってものがありながらあっ！」

甲高い女性の声だった。宴会場の近くのバーの方から聞こえてくる。

「泥酔したお客様かいな……。ちょっと様子を見に行ってくんで。凛ちゃんは気にせず部屋に戻ってな」

「いえ……。私も行きます」

声の主に心当たりがあった。数時間前に耳にした時よりも、しわがれていて呂律が回っていないようだったが、きっと酔っぱらっているせいだろう。

瓢と共にバーの方へ向かうと、店の前で想像通りの人物が座り込んでいた。

「……やっぱり、糸乃さん」

許容量を超えてアルコールを摂取したらしく、立ち上がることができないほど酔っぱらってしまっているのは、糸乃だった。

「えっ。凛ちゃん、このお客様も知り合いなん？」

「いえ、知り合いというか、さっき私がお部屋にご案内したお客様なんです。その時楽しく雑談したので、気になってしまって……」

瓢の問いに凛が答えていると、糸乃にふたり組の男性客が近寄ってきた。着物の裾から見える艶めかしい足を見て、鼻の下を伸ばしている。

「おっ、なかなか美人なねーちゃんじゃん」

「なあ、俺たちの部屋で追い酒でもどうー？」

「はあ？　誰よ、あんたりゃ〜？」

座り込んだまま、声をかけた男たちに反応する糸乃。

客室で話した雰囲気だと、こんな軟派な男たちにほいほいついていくタイプには見えなかった。

しかし酔っぱらっているため、思考能力が低下しているのだろう。糸乃は追い払うこともなく、彼らの話に頷いたり首を振ったりしている。

——このままじゃあの男性たちの部屋に連れ込まれてしまうかも。どうしよう……。

なんとか阻止したいが、客同士のことに自分が首を突っ込んでよいのか。そもそも、非力な自分が男ふたりの行動を止められるのかどうか、などと凛があたふたしていると。

「俺があのふたりと話している間に、凛ちゃんは女の子を部屋まで連れていったってくれるかい？」

瓢が耳打ちしてきた。そして凛が返答する前に、すたすたと男たちに近寄っていった。

「すみませーんお客様。その女性の旦那様が部屋でお待ちで、連れてくるように頼まれてるんですわ」

瓢が営業スマイルを男性たちに向ける。糸乃はひとり旅のはずだから、凛は瞬時にそれが嘘だと見抜いた。

しかし揉め事も起こらなそうな、うまい嘘だ。さすが大きな旅館の旦那をやっているだけある、と感心する。

「ん？　誰だあんた……って、旅館の旦那か」

「なんだ、この子夫がいるのかよ」

旅館の主の言葉は、さすがに信じるに値したようだ。男たちは糸乃に興味を失ったようで鼻白む。

「女の子と飲みたいんなら、近くのお店がおすすめですわ。俺の名前で一時間無料の優待券を差し上げますよ」

「え！　マジか！」

「旦那、話がわかるね〜」

盛り上がる瓢と男ふたり組。

すでに糸乃のことなどふたりの視界に入っていないようで、瓢が説明する店の場所を頷きながら聞いている。

その隙に凛は瓢に言いつけられた通り、糸乃に近寄って彼女の肩をトントンと優しく叩いた。

「糸乃さん。大丈夫ですか？」

「ううん……。あんま、だいじょーぶじゃ、ない……」

「とにかくお部屋に戻りましょう。私が支えますから」

「うーん……」

半開きの瞳で覚束ない声しか上げない糸乃だったが、凛が手を差し伸べるとなんとか立ち上がる。

凛の肩に身を預けさせ、千鳥足だがなんとか糸乃を部屋まで歩かせた。

部屋にたどり着くなり、「う、う、う」とえずくような声を糸乃が上げ出したので、急いでトイレに連れていく。

閉まったトイレの扉の中からは飲食物のすべてを無にするような音が聞こえてきて、

凛は苦笑いだ。

　その後は、糸乃の背中をさすったり水を飲ませたりした。

　しばらくすると酔いが少し冷めたのか、糸乃の目がぱっちりと開く。

「ごめん、あたしみっともないところを……。凛、ありがと～！」

　ばつが悪そうに笑う糸乃に、凛は首を横に振る。

「いえ……。もう大丈夫ですか？」

「うん、だいたいね。明日は確実に二日酔いだろうけどね～。いろいろ考えていたらむしゃくしゃしちゃって、飲まずにはいられなくなっちゃってさ～」

「そうなのですか……」

　ここに長期滞在する理由を聞いた時、『そんな爽やかな話じゃない』と糸乃は言っていた。それが関係あるのだろうかと、凛が考えていると。

「あ！　あんたもう仕事終わったんだよね!?　ちょっとこの後さ、あたしの話聞いてくれないっ？」

「あ、私は……」

「実はあたしさ！　小さい頃からずっと好きだった人がいてね！」

　凛が返答する前に、前のめりで話を始める糸乃。抱えていた感情を、よっぽど誰かにぶちまけたかったらしい。

──まあ、本当に仕事は終わったし……。話を聞くくらい、いいよね。

実際、糸乃の『爽やかじゃない話』は凛も気になっていた。

「その好きだった人とは長い間会っていなかったんだけど、最近婚約者ができたとか結婚したとか、そんな噂を聞いちゃってさあ。それが本当か確かめに来たんだ。それで、もしまだ結婚していなかったとしたら、今のうちに彼のハートを射止めたくって！」

そんな話なら、ここに入ってきた時の糸乃が浮かない顔をしていたのも頷ける。

「その彼とは、再会できたのですか？」

「実は、そのことなんだけど……」

今まで勢いよく話していた糸乃だったが、急にしおらしくもじもじと照れたような顔をする。

「ここから電車で一時間くらいのところに住んでいるはずなんだけどさ。いざ行こうってなると、なかなか勇気が出なくって……」

強気そうな外見にもかかわらず、とてもいじらしいことを言う。このギャップに惹かれる男性は多そうだ。凛も、『かわいらしいな』と感じた。

「なるほど……」

「だってうざくない？　いや、絶対うざいっしょ！　もし本当に婚約者とか奥さんがいるんだとしたら、昔の幼馴染が追いすがるなんてさあ！　こんなのうざいって思われるに決まってるよ！」

糸乃は涙目になり、凛に詰め寄ってきた。

彼にアピールをしたいけれど、粘着質な女にはなりたくない。嫌われたくない。そんな糸乃の乙女心が、ひしひしと伝わってくる。

——だけど、こんなに想ってくれる女性がいるなんて、その彼は幸せ者ね。

「私は恋愛経験が少ないですし、偉そうにアドバイスなんてできないのですが……」

「なに？　凛、遠慮なく言って！」

「私は、もしそこまで自分を想ってくれる人がいたら、嬉しいと感じると思います。たとえ婚約者や妻を愛していたとしても。そしてその方に誠意をもって『ごめんなさい、でもありがとう』と伝えたいです」

誰かを好きになるということ。それはこの世界でもっとも尊いことのひとつだ。

今まで恋をする機会のなかった凛だが、伊吹を愛しいと感じるようになって、深くそう考えるようになった。

すると糸乃は目を見開いて凛を見つめた後、なんと飛びついてきた。

「い、糸乃さん？」

「凛！　あんたいいこと言うじゃんかっ！　そうね、あの人が誰かをうざいだなんて思うはずない！　彼はとっても優しいからっ」

――糸乃さんが、幼い頃から揺らがない片思いをしている人。うん、きっととても素敵な人に違いないんだろうな。

凛の回答に、糸乃はすっかり気をよくしたらしかった。その後も、意中の彼がいかにすばらしいかを延々と語ってきた。

話によると、背が高くてとても美形な上に、妖力はとても強く、知的で読書が好きな、とても落ち着いた男性らしい。

そしてしばらくすると、糸乃は話し疲れたのか眠ってしまった。彼女に布団をかけてあげてから、凛は音を立てないように退室した。

――糸乃さんの恋が報われるといいな。

健気に彼に恋する糸乃の想いを知った凛は、心から彼女を応援したいという気持ちになっていた。


糸乃の話に深夜まで付き合った次の日。

眠るのが遅かったせいか、なんとなくだるさを覚えながらも、昼の休憩時間に凛はまた謎の少年の元を訪れていた。

彼はいつも旅館の中庭のどこかにいる。今日は昨日ふたりで作った雪だるまのそばに、ひとり佇んでいた。

最初は、ふたりで雪の中を走り回って遊んでいたが、寝不足な上に並の人間の体力しかない凛が先に音を上げてしまう。

しかし少年は息ひとつ乱していない。人間の子供だったらさすがに少し疲れるくらいは動いたというのに。

――やっぱりこの子、あやかしだよね。耳にも魚のようなひれがついているし……。でもどうして他のあやかしには見えないんだろう。

特殊能力を使っている場合はさておき、あやかし同士が視認できないなんて話を凛は聞いたことがなかった。

この子はいったいどういう存在なんだろう、と考えながらも、凛は次の遊びを彼と始めた。

龍水荘すべての客室に置いてある、木製のパズルだ。古くなって客室に置けなくなったものを、仲居に頼んで頂戴したのだった。

三角形や四角形のピースを組み合わせて、見本にあるさまざまな形を作っていくのが基本の遊び方。簡単そうに見えて意外に難しく、凛が試行錯誤してもなかなか見本にある形にならなかった。しかし……。

「えっ、もうできたの!?」

凛は感嘆の声を漏らした。

少年はひょいひょいとパズルを組み合わせて、次々に見本通りの形を作っていく。難易度の高い形も、あっさりと完成させた。

「すごい……。頭の回転が速いのね」

自分だったら何時間かかってもできなさそうな複雑な形を、いともたやすく作ってしまう少年。そのスピードは神がかっていた。

――この子、見た目は神秘的だし、体力もあってパズルは凄腕だし……。なんだかとても神々しい存在に思えてきた。

美しい紺碧の髪と瞳は、それだけで大層美麗で存在感があった。その上、人智を超えるような賢さももっているとは。

あやかしの中でも相当力の強い種族なのかもしれないと、凛は考え始めていた。

「ごめん、私はもう休憩時間終わりだから行くね。そのパズルはあなたの好きに遊んでいいからね」

凛がそう言うと、少年は笑みを浮かべて頷く。

昨日は凛が立ち去る際は寂しそうだったが、凛には凛の事情があるのだと理解し始めたらしい。また、遊び道具を手に入れて寂しさが紛れたのだろう。

その日は休憩時間のたびに少年の元を訪れつつ、仕事は特に問題なく終わった。椿と鉢合わせしないかと廊下を歩くたびに少し警戒していたが、結局見かけなかった。

そして夜、凛は旅館内の小料理屋へと向かった。店内に入ると、すでにテーブルについている糸乃が手を振る。

「凛！　こっちこっちー！」

「糸乃さん。お待たせしました」

糸乃の方へと駆け寄る凛。

仕事が終わった後、一緒に食事をしに行かないかと今朝彼女とすれ違った時に誘われていたのだ。

糸乃の恋を応援したいと思っている凛は、この時間を楽しみにしながら今日一日仕事に励んだ。

「いや、あたしもさっきお店に入ったとこ。全然待ってないよ」

「そうですか、ならよかったです」

安堵して答えて席につく凛だったが、糸乃はなぜかしかめっ面をする。

「……凛。それやめよ」

「え？　なんでしょうか」

なんの話かわからず、凛は首を傾げる。

「その堅っ苦しい敬語だよ！　あたしたち、そんなに年変わらないっぽいし、普通に」

「で、でも糸乃さんはここのお客様で、私はアルバイトだけど従業員で……」

「いいのいいの！　お客様のあたしが言ってんだからさ！　ってか、ゲロ吐いたとこも見られてるし、恥ずかしい恋愛の愚痴もいっぱいしゃべっちゃったんだからっ。こんなのもう友達でしょ⁉

テーブル越しに顔を近づけて、糸乃は凛に迫る。

「友達……」

人間界にいた時は、ほとんど縁のなかったその響き。

伊吹の嫁になってからは、鞍馬が凛の友達になってくれた。その時のことは、今でも思い出すたびに深い嬉しさが込み上げてくる。

しかし同性でなおかつ同年代の友達は、凛にとって初めての存在だった。

人間界にいた頃は、仲睦まじそうにしている女の子同士を見かけるたびにうらやましく感じつつも、自分には関係のない世界だと諦めていた間柄。

「そうそう！　だからあたしにも『さん』なんてつけなくていいんだからねっ。そんなのかえってムズムズしちゃうからさー」

凛の過去をもちろん知らない糸乃は気安い口調で言う。だがその軽々しさが、凛にはどれほど嬉しいか。

「はいっ。……じゃなかった、うん！」

　凛は涙ぐみそうになるのをこらえながら、笑顔で返事をする。

　そしてふたりは、メニューから適当に食べ物と飲み物を頼む。すると糸乃は、凛の手首を見てハッとしたような顔をした。

「凛、ここすりむいてるよ。大丈夫？」

「え？　あ、本当……気がつかなかったな」

　思い当たる節はある。

　謎の少年と追いかけっこをしていて転んだ時だろう。大した痛みではなかったから、全然気にしていなかった。

「かすり傷だから、そのうち治るよ」

「ダメダメ！　女の子の体に傷なんて。できるだけ早く治さないとさ。あたしが治してあげるよ」

「え……？」

　いったいどういうことなのだろうと凛が不思議に思っていると、糸乃は「ちょっとごめんね」と凛の手首を取る。

　すると糸乃の指先から細く白い糸が出てきて、凛の手首にしゅるりと巻きついた。

　糸はとても柔らかく、凛の傷にみるみるうちに溶け込んでいく。

そしてあっという間に凛の擦り傷が消え、怪我などしていなかったかのような柔肌になった。

「す、すごい……。怪我が治っちゃった！」

「えへへへ、上手にできてよかったよ」

感嘆の声を上げる凛に、得意げに微笑む糸乃。

「糸乃ちゃん、ありがとう。治癒の術が使えるなんて、すごいね」

あやかしは種族ごとに、得意とする妖術がある。

鬼である伊吹は炎を操る術、天狗である鞍馬は空を飛んだり物を浮かせたりする術をそれぞれ得手としていた。

糸乃は怪我を直す術を十八番（おはこ）とする種族なのだろうか。

「この糸なんだけどさ。本来はもっと別の使い方なんだよね」

「別の？」

「凛ももうわかっていると思うけど、あたし絡新婦（じょろうぐも）のあやかしなんだ。絡新婦の特徴を考えたら、この糸の特性もわかるでしょ？」

尋ねる凛に、糸乃は微笑みにひと筋の陰りを浮かべて答えた。

あやかし同士ならば他のあやかしがなんの種なのかは見ればわかるらしいが、凛は人間なのでわからなかった。服装と髪飾りのデザインから、蜘蛛が関係しているあやかしなのだろうとは想像がついていたが。

しかし絡新婦は有名なあやかしなので、凛にも多少の知識はあった。

絡新婦は、男を惑わすのを得意とするあやかしだ。古来より人間の男を誘惑してたぶらかし、その血肉を食べたと伝えられている。

彼女らが体内で作り出してから放出する糸には異性を虜にするフェロモンが内包されており、その威力は人間のみならず高位のあやかしの男性すらも手玉に取れる場合があるとされている。

常に強気な美しさを発している糸乃。男を魅了する能力が備わっていると言われても、凛は深く納得できる。

「だから小さい頃からあたしモッテモテでさ。糸を出さなくてもフェロモンが出てるみたいでね。なにもしてないのに男たちがおもしろいくらいにひざまずくもんだから、男なんてみーんな奴隷って思ってたんだ」

「そ、それはすごいね……」

とんでもない過去を何気ない口調で説明する糸乃に、凛はたじろいでしまう。

「みーんな『糸乃ちゃん！』『糸乃様～』だなんてかしずいて、あたしと一緒にいたがって。あたし自身『あたしに構ってもらえるなんて光栄と心得なさい』なんて、本気で思ってたよ。あはは、今考えたらすげー嫌な女だね」

そう笑う糸乃を嫌な女だとは凛は思わなかったが、彼女の話がまるで別世界の出来事のように感じられて興味津々だった。

「だけどね。ある時学校で、いつものようにあやかしの男の子たちをはべらせようとしてたら、ひとりだけあたしに寄りつかない男がいるって気づいたんだ」

自分にかしずかない男がこの世に存在しているだなんて。男など顎で使った経験しかなかったその時の糸乃は、彼の振る舞いが信じられなかった。

「もしかしたら、あたしを好きすぎて照れてんのかなって思ったんだ。だから言ってやったの」

「なんて?」

「『今日は特別にあんたと遊んであげる。感謝しなよ』って」

「………」

上から目線すぎる物言いに、凛は驚いて声も出ない。

しかし、それまで女王として君臨していた糸乃にとって、尊大な振る舞いは当然のことだったのだろう。

「そしたらそいつ、なんて言ったかわかる!?」

「うーん、なんだろう?」

「『本を読む方が楽しいから無理』って、秒で断ってきたの！　あたしの方を見もせずにさ！　あたしの誘いを断るなんて⁉ってイラついたよね、その時は」

——そんなふうに言われたら、糸乃ちゃんのプライドは相当傷ついただろうな。

そう思った凛だったが。

「でもそれが、あたしの恋の始まりだったの」

当時を追懐しているのだろうか。糸乃はうっとりとした顔になった。

「え……？　誘いを断られたのに？」

「断られたからじゃないかなー。何様⁉って最初はむかついたけど、あたしにひれ伏さない男なんて許さない！って意地になってそいつに付きまとっているうちに、すっごく燃えちゃってさあ」

「そ、そうなんだ……」

恋のきっかけが凛には到底理解しがたいものだったので、困惑しながらもなんとか答える。

——断られて気になってしまう場合もあるんだ。他の男の子とは違う反応をした彼を、特別に感じたのかな。

「その後は、そいつの跡をつけたり、家に押しかけたりしたね。少しでも自分をアピールしたくって」

「す、すごいね」

それっていわゆるストーカーなのではと思ったが、かなり昔の話らしいので、あえて今は言うまい。

「そのうちに相手もあたしの押しにほだされたのか、まあまあ仲良くしてくれたんだよね。まあ子供の頃だったし、恋人ってところまではいかなかったんだけどさ。でも、女の中ではあたしを一番大切にしてくれていた気がする。だから年頃になったらきっと恋人になれるんだってあたしは信じてた」

その頃を追憶しているのだろうか。微笑む糸乃の瞳が少し潤んだように見えた。しかしそれも一瞬。

「だけどね！　あれは今から十年くらい前だったかな!?　いきなり『俺には運命の人がいる。糸乃とはそういう関係にはなれない』って言われてさ！　え、あたしたちいい感じだったんじゃないの!?って信じられなかったよ！」

「えっ」

凛も驚いてしまった。

彼は明らかに、糸乃の好意には気がついていたはず。さらにその気持ちを受け入れつつあったようだ。それなのにあっさりと『運命の人がいる』なんて告げられたら、糸乃にとっては晴天の霹靂（へきれき）だっただろう。

——彼にとっては、よっぽどの運命的な出会いだったのかな……。

「もうつけ入る隙もない感じでさ……。その時はあたしも傷心したよ。だけど、何年か経っても彼に女がいる気配も結婚するって話もなくて、もう訳がわからなかったの。あたしがうざくなって適当に嘘をついたのかなって考えた時もあったけど、そんな不義理をするような人じゃないし……」

「うーん。本当にどういうことなのかわからないね」

彼の言い分からすると、運命の人と一緒になる、という話のように考えられる。しかし何年経ってもその相手が彼の傍らにいないのは、よくわからない。

「とにかく考えてもしょうがないし、とりあえず結婚していないならあたしもまだチャンスはあるよねって思ってさー。だからあたし、彼に振り向いてもらうために女を磨いていたの」

そんな糸乃の姿勢を、とても前向きでいいなと凛は感じた。自分を振った相手を恨むのではなく、努力しようという方向に向けられる彼女の性格に、ますます好感を持つ。

「女を磨くって、どういうことをしたの？」

「そうだねー。服やメイクをかわいくしたりとかはもちろんだけどさ。……一番は、さっき凛にも見せたこれの使い方」

糸乃は人差し指を立てる。すると、指の先から透明な糸がひと筋出てきた。

「私の怪我を直してくれた糸？」

「この糸なんだけど、本当は人間の男を魅了して、捕らえて食べるために使うの。絡新婦はそういう生き方だからね……。でも頑丈だから、皮膚の上に巻けばあやかし人間の怪我を治すのにも使えるんだ」

確かに絡新婦は、その美しさとフェロモンで人間の男を惑わせて食らうという話が有名であるため、彼女らが作り出す糸に治癒効果があるなんて凛は初めて知った。

糸乃の説明通り、本来の使い方ではないのだろう。

「昔友達が怪我しちゃった時に止血で糸を巻いたら傷が治って、偶然治癒の効力に気づいたんだよね。それまで、絡新婦は歴史に取り残された存在だとか、無意味な能力だって蔑まれていて……。今時人間を食らうのなんて許されないからね。あたしだって人を食った経験はないし、食べたいって欲求を持ったこともない」

――考えてみれば、私は糸乃ちゃんの捕食対象なんだ。

しかし、まったく怖いとは感じなかった。糸乃が人を襲って食らっている姿なんて、まるで想像がつかなかったからだろう。

「だからね、嬉しかった。この糸は誰かを陥れるためだけのものじゃないんだって知って。……彼は強く優しい人だったから、あたしもそういう存在になれるかもって。だからこの糸を使って、医療従事者になるために今勉強してるんだ」

「糸乃ちゃん……。すごい、頑張ってるんだね」

「ふふっ、まーね。魅力的になったあたしを見て、彼が這いつくばって求婚してくれればいいって思ってるんだよ！」

冗談めかして言う糸乃を、凛はますます応援したくなった。その彼が糸乃の魅力に気づいて振り向いてくれればいいな、と心から願った。

「なんか、あたしの事情ばっか話しちゃったね。というわけで、今度は凛の話ね！ずっと聞きたかったんだけど、あんたって鬼だよね？　鬼ってカースト上位の金持ちが多いけど、なんで旅館でアルバイトなんてしてるの？」

伊吹との口づけのおかげで、鬼の匂いはしっかりと凛に付着していたらしい。糸乃は、凛は鬼であると疑っていない様子だ。

凛を友達だと言ってくれた糸乃に嘘をつくのは心苦しかったが、さすがに真実を話すわけにはいかない。少しの間考えた末、人間という正体については伏せて自分の境遇を糸乃に説明した。

家族には恵まれなかった。そのためまったく愛を知らなかったが、ひょんな縁から今の夫に出会い、無償の愛を知ることができたこと。

しかし、なにも持っていない自分が彼の隣に立つのは恐れ多くて、今は高位のあやかしたちから御朱印を集めていること。

そして龍水荘で働いているのは、ただじっとしているのが性に合わず、誰かのために仕事をしたいと思ったからであること。

「えー！　凛って結婚してたの!?　いいないいなー！　どんな人なの!?」

身の上を話すと、糸乃は目を輝かせて前のめりになって尋ねてきた。年頃の女子らしく、結婚に大層興味があるのだろう。

「とても強くて優しくて。私にはもったいないくらい、素敵な方なの」

「おお……結構はっきりのろけんだねー。あんた、控えめそうに見えて案外言うこと言うんだね」

糸乃に茶化されて、凛はハッとする。

──えっ。なんか恥ずかしい話をしちゃったかな。

「あっ、えっと……。なんか、ごめん」

「あはは、どうして謝るの？　いい関係なんだなーってうらやましくなっちゃったよ。ね、今度あたしにも凛の旦那さんに会わせてね！」

「うん、もちろん！」

同性の友達ができたと話したら、きっと伊吹も喜んでくれるだろう。

「あ。それで今、御朱印集めてるって言ってたよね？」

「うん。やっぱり集めるのはなかなか難しいんだけど……」

凛の御朱印帳は、まだふたつしか印が押されていない。たくさんの御朱印を集めたとされる茨木童子が、いったいいくつの印を賜ったかはわからないが、まだまだ数はいるだろう。

「実はあたしもそれなりのあやかしだから、御朱印を持ってんだよね」

「そうなんだ！　糸乃ちゃん、すごいね」

御朱印は、力があると認められた称号持ちの高位のあやかししか所持していないものだ。『それなりの』と糸乃は謙遜するが、相当な実力者なのだろう。

「凛の御朱印帳に押してあげたい気持ちはあるんだけどさ。絡新婦の掟で、滅多なとでは押すもんじゃないって決まってんの。……悪いんだけど、もっと凛と深い仲になったら押すね」

糸乃は心底申し訳なさそうな顔をする。

誰かの御朱印帳に自分の御朱印を押印するという行為は、御朱印帳の持ち主の力を認め、生涯同胞であると誓う儀式。糸乃の言い分はもっともだ。

少し仲良くなった友達くらいで気軽に押すようなものではないと、凛もわかっている。

「ううん、御朱印ってそういうものだって私も知っているから。むしろ、ありがとうね。深い仲になったら押すって言ってくれて」

「だって凛めっちゃいい奴だし話してて楽しいしー！　あたしとしてはもう押したいくらいだよっ。ま、でも一応掟は守らないとだからさ」

「私も、糸乃ちゃんと話してるのとっても楽しいよ」

嬉しさが込み上がってくるのを感じながら、凛は微笑む。

出会ったばかりであるにもかかわらず、長年の友人のように接してくれる糸乃の言動は、凛の胸にとても染みた。

第三章　『邁進』の糸乃

一夜明け、凛は朝からそわそわしていた。

今日は伊吹が帰ってくる日だ。

仕事に精を出していたり、糸乃と仲良くなれたりしたためか、思ったよりも長くは感じなかった。

しかし一日以上伊吹と離れた経験が今までなかったため、やはり恋しい気持ちは募っている。

だがうっかり、何時頃に伊吹が龍水荘に戻ってくるのかを聞きそびれてしまった。

朝食の準備やチェックアウトした客室の掃除を終え、謎の少年と遊んだ昼休憩を終えたところだが、伊吹はまだ現れていない。

言づけられた旅館の門付近の掃除を、凛は悶々(もんもん)として行っていた。伊吹を想うあまり、箒(ほうき)を動かす手が滞る。

――いけないいけない。お仕事はちゃんとやらないと……。

自分を律して、塵取りで集めたゴミを取ろうしていた時。

「きゃっ!?」

「凛!」

いきなり後ろから何者かに抱きつかれ、思わず塵取りを手から落とす。集めたゴミは無残に散らかってしまった。

しかしそんなやらかしはもはや些細なことだ。自分を抱擁する彼の存在を前にしては。

振り返らなくてもわかる。この大きな手のひら、温かい胸は、彼しかいない。

「伊吹さん……！」

涙ぐんで声を発した凛が、伊吹の温もりを味わうかのように彼の胸に顔を埋めると。

「あら。若い子はいいわねー」

「チューしろチュー！」

通りすがりの宿泊客だろう。抱き合っている凛と伊吹を微笑ましく眺める老夫婦と、からかう子供が近くにいた。

伊吹と凛は顔を見合わせて、ハッとしたような顔をする。そして素早い動きで互いの体に絡めた腕を離した。

いつも所構わず甘い言葉を囁いてくる伊吹も、さすがに見知らぬあやかしからのあからさまな冷やかしは恥ずかしかったらしい。

「す、すまん仕事中なのに」

「い、いえ……」

お互い照れてしまって、うまく言葉が出てこない。

すると見物客たちは興味を失ったらしく、「チュー見られなかった！」と言う子供を連れてふたりの横を素通りした。

「仕事はどうだった？　大変じゃなかったか？」

野次馬がいなくなり、伊吹は落ち着いたらしい。いつものように凛に優しいまなざしを向けながら尋ねてくる。

「皆さんとてもよくしてくれたので、楽しかったです」

「それはよかった！　心配で気が気じゃなかったからな」

伊吹の相変わらずな過保護ぶりに、凛は嬉しく思いながらもくすりと小さく笑う。

「もう、伊吹さんは本当に心配性ですね……。でも三日ぶりに会えて嬉しいです。伊
吹さんと過ごす時間を取りたいです」

「もちろんだ。午後の休憩はあるのか？」

「十五時から一時間あります」

「ならばふたりでカフェにでも行こう。龍水荘の館内に、雪景色の見える洒落た店が
あっただろう？」

糸乃が酔いつぶれたバーの隣にそんな店があったと凛は思い出す。伊吹の言う通り、
垢抜けた外観をしていた。

伊吹と雪景色を見ながらのティータイム。考えるだけで、胸が躍る。

「はい！　とても楽しみです。十五時まで仕事頑張りますね」

声を弾ませた凛だったが……。

いつの間にか伊吹が眼光を鋭くさせ、辺りを警戒していた。なにか不審な気配でもあったのだろうか。

「伊吹さん？」

「……あ、すまん凛。一瞬殺気を感じたような気がしたのだが」

「殺気……？」

鬼の若殿に殺気を飛ばす輩がいるのだろうか。

一瞬、宿泊している椿かもしれないと思ったけれど、彼は隠れて殺気を飛ばすような人物ではない。堂々と眼前に現れては意味深な微笑みを浮かべるような、もっと得体の知れない存在だろう。

「いや、俺の気のせいだったのかもしれない。もうそんな気配は感じないな。怖がらせてすまん」

「そうなのですね」

安堵する凛。穏やかで趣のある旅館に、伊吹と敵対するあやかしなど現れてほしくなかった。

十五時になり、伊吹は休憩時間になった凛と共に約束のカフェへと入る。ちょうど窓側のふたり席が空いていた。

「すごくいい景色ですね！」

凛が窓の外を見て、声を弾ませる。

確かに二階のカフェの窓から覗く雪景色は、とても幻想的だった。

客室から見えたのは真っ白な山々だったが、カフェの窓の外では雪の中で急流が水しぶきをあげていた。窓越しに微かに聞こえる水流の音が、さらなる趣を与えている。

紅茶を片手に、旅館での仕事の様子を微笑んで話す凛。とても生き生きした表情に、伊吹の心が洗われていく。

――心配だったが、外で働かせてよかった。

控えめな凛はあまり他者とかかわらずに家で過ごした方がいいのだろうと伊吹は思い込んでいた。しかし引っ込み思案なのはきっと、それまでの家庭環境が彼女を締めつけていただけだったのだろう。

――生来の凛の気質は、意外に活動的なのかもしれないな。

仕事の失敗談や、よくしてくれている仲居のことをご機嫌な様子で語る凛を見て、ふと伊吹は思った。

「凛がとても楽しく過ごせているようでなによりだよ。ところで、旅館のお客さんにはどういう人がいたんだい？」

「あ、そうでした！　実は宿泊客の中に椿さんがいらっしゃいまして……」

凛は声をひそめる。

伊吹は、ティーカップを口元に運ぼうとしていた手を止めた。

「椿が……!?」

最強の鬼である伊吹にとって、牛鬼である椿など本来は恐れるに足らない存在だ。

しかし常に悠然とした微笑みの裏になにかを企んでいる印象のある椿は、どうもひと筋縄ではいかない怖さを漂わせている。

「大丈夫だったか……!?　なにもされてないか!?」

椿は凛を人間だと感づいている節がある上に、そもそも牛鬼は人肉を好む性質がある。

そんな椿が、自分が不在にしている間に凛に近づいていたかもしれないなんて。伊吹は冷や汗をかいた。

「ええ、大丈夫です。そして、今後もきっと大丈夫かと」

「なぜだ？」

「椿さん本人に言われたのです。今、私になにかあったら真っ先に疑われるのは自分だから、なにもするわけがないって」

「……ほう」

伊吹側から不審な存在だと認識されていることは椿も十分に理解しているらしい。

——確かに凛になにかあったら、俺は真っ先に椿の元へ行き……あらん限りの苦しみを与えるだろうな。

あまり認めたくはないが、椿は相当の切れ者だ。この状況では表立って凛になにかをするような愚か者とは考えづらい。

「それに、瓢さんも椿さんを警戒していらっしゃっていて、なにかあったら言ってくれと、お優しい言葉をかけてくださいました」

「瓢が……そうか」

瓢は『流麗』の称号を持つ、かなり妖力の強いあやかしだ。過去に手合わせした時に、伊吹が敗戦を喫したこともある。

彼の眼が光っているうちは、凛の安全は保障されているといっても過言ではないだろう。

「それなら安心だな。椿の存在は気にせずに、凛は今まで通り働くといい」

「そうおっしゃっていただけてよかったです。今まで通り、仕事に精を出しますね。……あ、椿さんの話よりも、本当はここで初めて出会ったお客様の話を伊吹さんに伝えたかったんですよ」

今まで深刻そうな面持ちをしていた凛だったが、表情を緩ませる。どうやら、そっちの客の話は楽しい内容のようだ。

「ほう？」

「私と同じ年代の女性でして。お友達になってくれたんです」

「おお！　それはよかったじゃないか」

異性の友人なら心配……どころか嫉妬でひと言物申しに行くところだったが、女性ならありがたい話だ。

「どんな子なんだい？」

「とても優しく気さくな方で、お話も弾んで……。絡新婦のあやかしと言っていました。すごく綺麗な子です」

「へえ、絡新婦か」

絡新婦はその性質上、美女が多い。大昔は人間の男を誘惑し食らうあやかしだったが、人間と共存している現代では、人を魅了する能力を生かして女優やモデルを生業としている者も多数いる。

──そうだ、絡新婦と言えば、幼馴染の糸乃は元気にやっているだろうか。

彼女は伊吹を好いていた。はっきりと好意を示してきたので、伊吹もそれは十分にわかっている。

裏表がなく男勝りで気のいい糸乃の性格を伊吹は好ましく思っていたし、彼女と恋仲になるのも悪くないと考えていた時期もある。

――それも、凛に出会うまでだったが。

十年ほど前に、今は亡き祖父の酒呑童子に連れられて人間界に凛を見に行った。夜血の乙女であり、ゆくゆくは自分へと献上されるはずの鬼の花嫁を。

凛を目にしてから、生涯自分が守り抜く相手を見つけたのだと伊吹は考えるようになった。

あまりにも深いその想いは、糸乃には決して抱かなかった感情だった。だから伊吹ははっきりと、糸乃にこう伝えたのだ。

『俺には運命の人がいる。糸乃とはそういう関係にはなれない』

その時糸乃はショックを受けたようだったが、しばらくして『絶対あんたを振り向かせてやるんだからね』と、挑むような目つきで伊吹に断言してきた。

その後、偶然出会った時には『蜘蛛の糸には治癒効果があるって知ったんだ。その糸を有効活用したくて、医療従事者になるために勉強している』なんて言っていたことを覚えている。

もう自分への想いは吹っ切ったのだろう、と伊吹はその時思った。そして、男を魅了し食らうための糸を誰かのために活用しようと奮闘している糸乃を、幼馴染として誇り高く感じたものだ。

——もしその客が糸乃のような女性だとしたら、凛も仲のいい友達になれるだろうな。

「あ、すみません伊吹さん。話しすぎたら喉が渇いちゃって……。飲み物がなくなってしまったので、新しいのを買って参ります」

糸乃を懐かしんでいたら、凛が苦笑を浮かべてそう告げた。

ここはカウンターで飲食物を注文して、自分でテーブルに持ってくるシステムだ。カウンターに向かう凛は、席から立ち上がる。

「俺が買ってこようか？」

「ありがとうございます。でも、メニューをじっくり見て決めたいので、自分で行って参りますね」

「そうか、わかった」

自分を前にして喉に渇きを覚えるほど話を弾ませる凛が、愛おしくてたまらない。

カウンターへと向かう凛の背中を見て、伊吹が心を和ませた時。

「……！」

とっさに身をすくませる。先ほど旅館に到着した時に感じた殺気と同じ気配が体に突き刺さったためだ。

気配の主を発見できなかったので、凛を安心させるために『気のせいだったのかもしれない』などとごまかしたが、あの鋭く憎しみを帯びた視線は決して伊吹の勘違いなどではなかった。

――なにを狙っているのか、警戒はしていたが。こうも早く現れるとは。

目的がわからないため、姿を見せてくれたのは好都合だ。大抵のあやかしならば伊吹の力でねじふせられるのだから。

伊吹は殺気の送り主がいる方向に顔を向けた。どれほど凶悪なあやかしなのだろうかと心して。

しかし、そのあやかしの姿を見て伊吹は虚を衝かれた。

「糸乃⁉」

それはかつて自分に想いを寄せてくれていた絡新婦の女。

彼女とは懇意にしていた記憶しかなかったため、伊吹の緊張が緩む。

「久しいな。どうしてこんなところに？」

彼女が放っていたらしき殺気は、やはりなにかの間違いだったのかもしれない。しかし。

「……ねえ、伊吹」

俯き加減でゆっくりと伊吹に近づいてきた糸乃は、低い声で言う。普段のあどけない声とはまるで異なる、圧のこもった声音。

彼女の全身からは敵意がにじみ出ており、伊吹は身構える。残念ながら、自分の思い違いではなかったようだ。

「……どうしたんだ、糸乃」

「ねえ。あんたの結婚相手って。……まさか、凛なの？」

「なぜ糸乃が、凛のことを――」

言葉の途中でハッとする。

絡新婦の綺麗な子と友人になったと凛は嬉しそうに語っていた。

絡新婦と聞いて、幼馴染みの糸乃をふと思い出した伊吹だったが、凛と親しい間柄になったのは紛れもなく糸乃だったと気づかされる。

そして、糸乃が憎しみの視線を送っていたのは、自分ではなくおそらく凛。

――糸乃の恋心を過去のことだと思っていたのは、俺だけだったようだ。

「そうだ。凛は俺の嫁だ」

糸乃をじっと見つめて、伊吹はそう断言した。有無を言わせない強さを言葉に込める。

小さな悲鳴のような声が聞こえた気がした。たじろいだ糸乃が喉の奥で鳴らしたのだろう。

すると糸乃は小刻みに体を震わせながら、なにかを押し殺すように言葉を紡ぎ始めた。

「……嘘だよね？」

「嘘じゃない。凛は世界でたったひとりの、俺の愛しい嫁だ」

「なんでっ……。なんで、あの子なの？　普通の……いえ、弱いあやかしじゃない。妖力だってほとんど感じない。いい子だけど、それなのに、どうして？」

妖力がないのは凛が人間だからだが、もちろんそんな事実を伊吹は明かさない。

一般的に、高位のあやかしは高位のあやかし同士で夫婦になる場合が多い。現代でも政略結婚や跡取りの問題などが関わってくる。

だが、そんな風習に囚われない恋愛結婚が多くなってきているのも事実。だからこそ、糸乃は思ったのだろう。

どうしてあんな力のない娘に伊吹が恋に落ちたのだと。

「凛を愛してしまったからだ。それ以外に理由はないだろう？」

言葉に嘘はない。むしろそれは、もっとも伊吹の中で大切な事柄だ。

伊吹は凛を愛している。世界中の誰よりも。

人間だとか、夜血の乙女だからだとか、そんなことは関係ない。きっかけはともかく、凛のそばに身を置きたい一番の理由は、それなのだ。

「……そんなの。そんなのっ！　あたしは信じないっ！　あたしは認めないっ」

「糸乃。だが、俺は――」

「私の方が長い間あんたを想っているっ。私の方が有能なあやかしだよ！　称号だって持ってるんだし！　あたしの方があんたの役に立てる！　今からでも遅くないっ。伊吹、あたしを選んでよ！」

悲痛な様子で、全身全霊で叫ぶ糸乃。

長年自分を慕ってくれていた幼馴染のその姿に、伊吹の胸が打たれなかったわけではない。しかしそれでも、凛への気持ちはいっさい揺らがなかった。

糸乃にありったけの想いをぶつけられたことで、皮肉にも伊吹は凛への想いの深さを改めて実感してしまったのだ。

――これははっきりと引導を渡さねば。

中途半端な態度は、かえって糸乃を傷つけてしまうだろう。

「俺は凛でないとダメなんだ。俺にとって女性は、凛かそうじゃないかの二種類しかない。この先もずっとな」

微塵も可能性がない現実を、伊吹ははっきりと糸乃に伝える。

糸乃の顔が歪み、大きな瞳が涙でにじむ。すると彼女はなにかに気づいたような顔をすると、無言で足早に去っていった。

「伊吹さん、遅くなってすみません。レジが混んでいて……」

フラペチーノを持った凛が、苦笑いを浮かべながらテーブルへと戻ってきた。どうやら糸乃は、凛が戻ってくる気配を察知して退散したらしい。

「伊吹さん、どうしました？」

伊吹が神妙な面持ちをしていたからだろう。席に着いた凛が怪訝な顔をする。伊吹は慌てて笑顔を作った。

「いや、なんでもないよ」

「そうですか？　ああ、そういえばさっき話していた絡新婦の女の子なんですけど。ずっと好きだった人が結婚したっていう噂を聞いて、真偽を確かめに来たんですって」

その『好きだった人』が伊吹であると知らない凛は、仲良くなった友人の話を楽しそうに語る。

「……そうなのか」

「はい。それで、チャンスがあればまたアタックするって言っていました。その人に振り向いてもらえるように、ずっと頑張っていたみたいなんです。私、なんだか応援したくなりました」

屈託なく微笑む凛の表情に、伊吹の胸に鈍痛が走る。

糸乃と自分との確執を、凛に打ち明けようかと迷った。しかし友人ができたばかりで喜んでいる凛に、複雑な悩みを抱かせてしまうだろう。

糸乃にははっきりとその気はないと告げたのだ。それ以上の行動を取る必要性を今は感じられない。

本人が言っていた通り、確かに糸乃の能力は非常に高く、彼女の手にかかれば非力な凛など、ひとひねりである。凛に危害を加える可能性も考えたが、糸乃はそこまで卑劣なあやかしではない。彼女の気位の高さを、旧知の仲である伊吹は深く知っていた。

——だから今は、あえて言うまい。きっといずれ、糸乃の意中の相手について凛は知ることになるだろう。

その後も嬉々とした面持ちで〝友人〟について語る凛に、密かに切ない思いを伊吹は抱くのだった。


——今日はとてもくたびれた……。

仕事が終わり、伊吹の待つ部屋へ戻る途中、自身の凝った肩を凛は叩く。

伊吹とのティータイムの後、残った休憩時間で謎の少年と今日も遊んだ。全力で鬼ごっこをしたので、そこで大きく体力を奪われてしまった。

にもかかわらず、今日は団体客の宴会が入っていたので、特に夕方からは給仕にてんてこまいだった。

肩だけではなく、ふくらはぎもパンパンに張っている。

だが今日は部屋で伊吹が待ってくれているはず。彼の顔を見れば、それだけで疲れなど一気に吹っ飛んでしまうだろう。

想像するだけで疲れた体が軽くなった。伊吹と過ごす今夜に心を躍らせて、凛が廊下を歩いていると。

「あ、糸乃ちゃん」

ちょうど曲がり角で、糸乃と鉢合わせた。

これから夕食にでも向かうのだろうか。

「……凛」

「今仕事が終わって、部屋に戻るところなの。あ！　そういえば私の……お、夫がここに来ていて」

伊吹を誰かに夫だと紹介するのは、初めてだった。

気恥ずかしいような恐れ多いような気持ちに、どうしても口調がたどたどしくなってしまう。

「夫……」

「うん。だから、もしよければ糸乃ちゃんに紹介させてね。……糸乃ちゃん？」

伊吹を友人に会わせられると嬉しくなっていた凛は、それまで糸乃の様子に気を配っていなかった。

しかし、話しているうちにさすがに気づいた。明らかにいつもの彼女とは違う。凛とは目を合わさず、とても強張った顔をしている。

「どうしたの……？」

「凛」

彼女らしくない低い声で名を呼ばれた。いつもの気さくな雰囲気は皆無で、凛はたじろいでしまう。

「……え？」

「それ以上、あたしに話しかけないで。あたしはあんたにひどいことを言ってしまう」

冷淡な視線を凛に浴びせ、糸乃はつっけんどんに声を放つ。思ってもみない反応に、凛は言葉を詰まらせる。

糸乃は身を翻し廊下を歩き始めた。凛は明らかな拒絶の気配を放っているその背中を見ることしかできない。

昨晩は、ふたりで楽しいひとときを過ごせたというのに。糸乃の態度の変わりようがまったく理解できず、凛はその場に立ち尽くした。

あの後凛が糸乃と顔を合わせたのは、今が初めてだった。だから邪険にされる心当たりなど凛には当然ない。

確かに仕事は忙しかったが、気がかりはそれではない。伊吹の温もりは確かに心を落ち着かせてくれたものの、今日はどうしても一抹の不安が付きまとう。

初めてできた同世代で同性の友達は、なぜ突然態度を変えてしまったのか。

「いえ、本当に大丈夫ですから」

凛は笑みを浮かべてそう答えた。忙しい伊吹に打ち明ける悩みではない。

床についてからも、糸乃の言葉が何度も脳裏に蘇(よみがえ)った。

『それ以上、あたしに話しかけないで。あたしはあんたにひどいことを言ってしまう』

しかし肉体が疲労していたためか、凛はいつの間にか眠りに落ちていた。


——なんだこの気配は。

凛が寝入ってからしばらくして、伊吹もうとうとし始めていた頃だった。突然、妖しく禍々しい気配が漂ってきたのを、伊吹は察知した。

音を立てないように布団から這い出て、廊下へと出る。するとその気配が一段と濃くなり、伊吹は思わず顔をしかめる。

甘ったるい女物の香水のような匂い。気を張っていないと心を奪取されてしまいそうな、色香。過去に嗅いだ覚えがあった。

——絡新婦の糸の匂いだ。

間違いない。幼い頃、戯れで糸乃が出した糸と同じ香りだ。その時も精神力の強い伊吹は惑わされなかったが、周囲にいた男のあやかしが糸乃にすり寄っていったのを覚えている。

――なにをしているんだ、糸乃。

正気を保てるといえど、強烈な匂いだ。伊吹は腕で鼻と口を押さえながら、香りの強い方へと進んでいく。

すると、香りの源と思われる部屋の前に、瓢が眉間に皺を寄せて立っていた。

「伊吹……！　お前もこの匂いに気がついたんやな」

どうやら彼も匂いの誘惑には打ち勝っているらしい。大層不愉快な顔をしてはいるが。

「ああ。気になって様子を見に来たんだ」

「そうか。今さっき、客の男たちが何人か吸い寄せられるようにこの部屋に入っていったんや。客がなんらかの被害を受けたら悪評が立ってまう。ここは穏便に済ませたいところなんやけど……」

「なるほどな」

瓢はこの旅館の主として、誘惑された男性客を守るためにやってきたらしい。

「異性を惑わす能力のあるあやかしの力やでな、このいけ好かへん匂いは。九尾の狐か、はたまた蛇女か……」

「絡新婦だよ。……俺の知り合いだ」

「なんやて？」

驚いたように聞き返す瓢。

伊吹は色香の漂う客室の扉に手をかける。

「俺が様子を見てこよう」

「伊吹、お前は正気を保っていられるんか？　俺はさすがに部屋に入ったら誘惑されてまうかも」

「……俺は絶対に大丈夫だ」

瓢の問いかけに伊吹は断言した。

――俺が愛するのは、凛ただひとりなのだから。

「そうか。せやったら頼むで」

「ああ。瓢は下がっていろ」

瓢が部屋から離れたのを確認してから、伊吹は扉を開けた。胸焼けするような甘ったるい香りがむわりと漂ってくる。

室内は、白い半透明の糸があちこちに張り巡らされていた。伊吹はそれを手で振り払いながら奥へと進む。

糸に触れるたびに、心臓に甘い刺激が襲ってくる。気を張っていないと、精神を持っていかれそうだった。

――糸乃。相当力をつけたな。幼馴染の成長を、こんな形では知りたくなかったが。

窓際に近づくと、糸で全身をぐるぐる巻きにされた男が数人倒れていた。

皆意識を失っているようだが、恍惚とした表情をしているように見える。絡新婦の魅了の力で骨抜きにされたのだろう。

そして彼女は、くつろいだような姿勢で窓のへりに座っていた。

「……その顔。魅了されていないんだね」

寂しげに笑う糸乃に、伊吹は無表情で頷いた。

「なにやってるんだ、糸乃」

「今のあたしなら、あんたを魅了できるのかもって思って。……でもできなかった。そこに這いつくばっているのは、どうでもいい男だけ」

自分の足元にいる男たちを、蔑むように糸乃は眺める。

「俺は君がどれだけ力をつけても、心を奪われない自信がある」

「……あんたの心は凛が支配しているから？」

「支配などされていない。全身全霊で想い合っているだけだ」

伊吹がそう言うと、糸乃はわなわなと身を震わせて唇を噛みしめた。大層苛立っている様子だった。

身軽な動きで窓のへりから降りると、糸乃はゆっくりと伊吹に近寄った。そして伊吹の頬に、自分の手のひらをそっと添える。

伊吹の鼻腔（びくう）は、糸乃の発する色香をさらに激しく感じた。

しかし心はまったく揺るがない。自分でも驚くほど、精神が安定していた。

――実際俺は、凛に支配されているのかもしれないな。

しかしそれは自ら望んだ、心地のよい支配だ。願うことなら、凛も同じように自分に支配されていればいいとすら思う。

「凛は、あんたのことを好きなわけじゃない」

美しい瞳を伊吹に重ねて、糸乃は妖艶に微笑む。

「……なぜそう考える」

「あんたたちの馴れ初めを聞いた。あの子は手を差し伸べてくれたあんたにすがっているだけだよ。助けてくれる男なら、誰でもよかったんだ。それがたまたま伊吹、あんただっただけ」

伊吹を見つめる糸乃の瞳が、美麗な光を放ち始めた。間近で見た伊吹は、単純に『綺麗だな』と感じた。

しかしそれは、宝石や景色を美しいと感じるのと同じ、客観的な感想だった。

糸乃は自分にさらなる魅了の術を仕掛けたようだったが、やはり心は微塵も動かされない。

「俺はそれでもいい。今まで凛には、すがるべきものすらなかったのだからな」

「あんたをいいように利用しているだけじゃんかっ。そのうち鬼の若殿の花嫁なんて、荷が重くって逃げ出すよ。別の男を好きになってあんたを捨てるかも！」

糸乃は焦っているようだった。さすがに至近距離からの誘惑には彼女も自信があったのだろうが、伊吹は平然としていたのだ。

「だから、それでもいい。凛が笑っていてくれれば、それだけで俺は満足なんだ」

もし実際にそうなったとしたら、糸乃に話しているようには簡単に割り切れないだろう。

しかし、もしそれが凛の幸せなのだとしたら、自分と離れた方が凛が笑っていられるのだとしたら、苦渋の決断ではあるが伊吹は凛との別離を最終的には受け入れるに違いない。

「そこまで、あんたは凛のことを……」

糸乃は恐れおののいたような顔をした。

執着でもない、一方的な恋でもない、すでに愛へと昇華している伊吹の心に触れて、実感したのだ。

もはや自分が伊吹の心につけ入る隙はないのだろう、と。

「糸乃は凛と仲良くなったのだろう？　だったらもうわかっているはずだ。あの子が誰かを……俺を利用するような子ではないと。俺は凛のそんなところが好きなんだよ」

「っ……！」

心当たりがあったようだ。糸乃は声を詰まらせる。

「糸乃。君が俺に想いを寄せてくれたのは嬉しい。だけど俺が愛しているのは凛だけだ。未来永劫な」

「未来永劫……」

今後も心変わりはしないという伊吹の宣言を聞き、糸乃は呆然とした面持ちになった。

「それにしても。君は絡新婦の力を誘惑にはもう決して使わないのではなかったのか？　気高く麗しい俺の知っている君はどこに行ってしまったのだ」

すると糸乃は「わあああ」と声を上げて泣き崩れた。途端に、室内に張り巡らせていた糸が跡形もなく消失する。

倒れていた男たちは、全員が虚ろな顔をしながらもよたよたとした足取りで部屋を出ていった。

その場にへたり込んで号泣する糸乃。

本来の彼女なら決してこんなくだらない行いはしないと伊吹は知っている。嫉妬と執着に取り憑かれて我を忘れていた糸乃だったが、伊吹の指摘で気づいたのだろう。こんなことはなにも意味がない上に、自分の品位を下げる行為にしかならないと。

伊吹はそんな糸乃には声をかけず、静かな足取りで退室した。そして、少し離れた場所で待機していた瓢の元へと歩み寄る。

「伊吹、無事か？」

「ああ。俺は大丈夫だし、事も落ち着いた」

心配そうな面持ちで身を案じる瓢に伊吹が頷くと、彼は安堵したように微笑む。

「ならよかった。そやけど、中ではなにがあったんや。確かにもうあの嫌な匂いは消えてるし、引き寄せられとった男たちも自分の部屋に戻っていったけど」

「……まあ、絡新婦のちょっとした気の迷いだよ」

自分が関わっていることをあまり説明したくない伊吹は、言葉を濁す。

「ふーん？　まあようわからへんけど、丸う収まったんなら俺はそれでええや。伊吹、おおきにな」

詳細が気にならないわけではないようだが、瓢にとっては宿泊客の間でトラブルがないのがなによりも重要だ。伊吹の肩をポンと軽く叩きながら、礼を言う。

そして瓢と就寝の挨拶をし合うと、伊吹は凛が眠る部屋へと戻った。

女性の凛には、糸乃の魅了の術はまったく効果がない。何事もなかったかのように、かわいらしい寝顔を浮かべてすやすやと眠っている。

伊吹は凛を起こさぬように、小さくついばむ気持ちでそっと優しく口づけをし、自身の床へ就いた。

糸乃はまだ心の整理がついていないだろう。しかしもともと、まっすぐで曲がったことの大嫌いな性分である。これ以上、伊吹に付きまとったり凛に危害を加えたりする心配はないはずだ。

凛との友人関係がどうなるかは不安だが、伊吹にもこれ以上はどうすることもできない。

時間が解決してくれるのを願って瞳を閉じた。

伊吹と三日ぶりに再会した次の日。本日も鬼の若殿としての仕事がある伊吹は、朝食後すぐに龍水荘を去ってしまった。『少し遅くなる予定だが、今日は必ず帰ってくるからな』と、凛の頭を撫でて。

相変わらず忙しそうな伊吹に凛は一抹の寂しさを覚えたが、自分だって昼間は仕事がある。

業務に集中することを考えたら、夜まできっかり会えない方がいいのかもしれないと思った。

チェックアウト後の客室のクリーニングが忙しく、パタパタと廊下を小走りで移動していると。

「あっ……」

またもや糸乃と鉢合わせてしまった。

昨日から突然凛に冷たい態度を取るようになった糸乃。心当たりがまったくない凛は、そのことでずっと悶々としていた。

また出会ったらなぜなのか聞いてみようとも考えていたが、本人を前にするとうまく言葉が出てこない。

「あ、あの……。糸乃ちゃん、あの」

それでもなにか言わなきゃと必死になって声を絞り出したが、糸乃は仏頂面で凛の横を通り過ぎようとした。その時。

「凛ちゃーん！　また遊びに来たよっ。……って、糸乃？」

「ちょっと鞍馬、急に立ち止まらないでよ……って、あら本当に糸乃だわ」

聞き慣れたふたつの声が聞こえてきた。

振り返ると、小旅行くらいの荷物を抱えたふたりの人物がいた。

ひとりは鞍馬。そしてもうひとりは……。

年の頃は三十代後半だろう。真っ赤な紅の塗られた唇は艶めき、透き通るような白い肌を強調している。

翡翠の大きな双眸は宝石のように輝いている。また、それと同色の髪は緩めに結われ、首筋や耳にかかる後れ毛がなんとも色っぽく、小悪魔的な魅力のある妖艶な女性だった。

彼女の名は紅葉。伊吹の従姉にあたる鬼のあやかしの女性で、最近凛とも親密な関係を築いていた。『高潔』の称号を所持しており、以前に凛に御朱印を押してくれている。

紅葉は不思議そうに糸乃を眺めていた。

「く、鞍馬と紅葉さん!?　なんでここに……!」

糸乃は驚愕したようで、声を震わせる。

「なんでって……。凛ちゃんが働いている旅館に遊びに来たんだけど」

「私も鞍馬に誘われて来たんだけど……」

きょとんとした顔をしながら、糸乃の問いに答える鞍馬と紅葉。

「え……。皆さんお知り合いなのですか？」

親しい感じで会話をする三人に、凛は尋ねる。

たまたま旅館で出会って友人となった糸乃と、自分と家族同然のふたりがまさか旧知の仲だったなんて、なんという偶然なのだろう。

「知り合いもなにも。糸乃は伊吹の――」

「あっ、どこへ行くのよ糸乃」

鞍馬がなにかを言いかけたら、糸乃はうろたえたような顔をして走って逃げてしまった。凛にはもう訳がわからなかった。

「……なるほどね。たぶん、そういうことね。糸乃、まだあなたは諦めていなかったのね」

紅葉がひとりだけ、得心のいったような顔をしている。なにが『そういうこと』なのかまったく見当もつかない凛は首を傾げた。

「凛、お昼休みはあるの？」

「は、はい。もうすぐ一時間休憩です」

「ちょうどよかったわ。一緒に話しましょう。……糸乃について」

紅葉は、糸乃の意味不明な行動になんらかの心当たりがあるようだ。

彼女に無視をされている理由が解明するかもしれない。凛はそんな紅葉の誘いに、頷くほかなかった。

「──それで糸乃ちゃんとはお友達になったんですけど、昨日から突然よそよそしい態度を取られるようになってしまって」

昼休みになってすぐ、凛は鞍馬と紅葉と共に旅館内の小料理屋へ入店した。

先日鞍馬が白銀温泉郷を訪れた時、龍水荘の風流な佇まいやおいしい食事、美麗な雪景色に心地よさを覚え、本当はもっと長居したいと思ったらしい。しかし外せない所用があったので、後ろ髪を引かれる思いで、屋敷の雑用に戻る国茂と共に帰宅したのだった。

だがどうしても龍水荘の居心地を再度堪能したくなり、紅葉も誘って訪れたのだという。

ちなみに国茂にも声をかけたらしいが、彼は一泊で満足したらしく『僕は屋敷でひとりのんびりしているよ』と控えめに断られたとのことだった。

三人が入ったのは、数日前糸乃と共に夕飯を楽しんだ店だった。偶然にも、案内されたのはあの時と同じ席だ。

糸乃と楽しく会話し、『もう友達でしょ？』と言われた上、御朱印をいつか押印するという話をしたことを思い出し、凛は切ない気持ちになってしまう。

まず紅葉に、『凛。あんたと糸乃は、どういう知り合いなの？』と尋ねられたので、凛は糸乃との出会いから今に至るまでの経緯を話した。糸乃がなぜこの旅館に滞在しているかについても。

するとすべてを聞き終えた紅葉は深く嘆息し、沈痛な顔をした。

「ねえ鞍馬、広い世界でこんなことってある……？　こんな偶然、神様のいたずらとしか思えないわね」

「いやほんと……。糸乃も凛ちゃんも、お互いにつらすぎるわこんなの」

鞍馬も紅葉と同じような表情で、同情するような瞳を凛に向けている。

「え、どういう意味ですか？」

いまだにふたりの言わんとしていることを把握できていない凛が尋ねると、紅葉は神妙な面持ちになって口を開いた。

「凛、心して聞いてほしいんだけど」

「は、はい」

「糸乃は伊吹の幼馴染なの。だから私たちとも知り合いってわけ。そして、あの子が長年想っている彼は間違いなく……」

「伊吹のことなんだ」

「えっ……？」

一瞬、紅葉と鞍馬がなにを言っているか理解できなかった。凛は呆けた表情をして固まってしまう。

「糸乃ちゃんの想い人が伊吹さん……？　じゃ、じゃあ糸乃ちゃんが話していた『彼が結婚したっていう噂』っていうのは……」

「まあ確実に凛ちゃんが伊吹の嫁になった話だろうね」

「……！」

さすがに理解した。しかし心に重い衝撃が走って、言葉が出てこない。

――じゃあ、糸乃ちゃんはなんらかの出来事で私の夫が伊吹さんだと知って……？

それなら、急に自分に冷淡な態度を取るようになった理由も納得できる。

糸乃にとって凛は、憎き恋敵。ずっと片思いしていた伊吹を横からかっさらった、忌々しい女なのだ。

「わ、私は……なにも知らなくて。でも私、なんてことを……」

掠れた声を上げる凛。

知らなかったとはいえ、恋敵に無邪気に応援され、糸乃はきっと凛の想像が及ばないくらい心に深い傷を負ったに違いない。

「仕方ないわ。あなたはなにも知らなかったんだもの。私も、まさかまだ糸乃が伊吹を諦めていないだなんて思いもしなかったし」

「うん……。別に誰かが悪いって話じゃないよね」

肩を落とす凛に優しく声をかける紅葉と鞍馬の言葉は純粋に嬉しかった。

しかし凛の罪悪感はまったく消えない。図らずも糸乃の恋心を踏みにじってしまった自分をどうしても許せなかった。

自分たちは出会わなかった方が、友達になんてならなかった方がよかったのかもしれないとすら考えてしまう。

「……私はどうしたらいいのでしょう」

絞り出すような声で、凛はふたりに問いかけた。今後どうしたらいいのか、皆目見当もつかない。

「下手な同情はかえって糸乃を傷つけるわ」

紅葉が諭すように凛に声をかける。

「かえって傷つける……」

「そうよ。あなたはなにも悪いことはしていない。伊吹もね。だから、気にしないで堂々としていなさい」

「俺もそう思う。これは仕方のない話なんだよ。……でも、凛ちゃんと糸乃が仲良くするのはもう難しいかもね」

言いづらそうに放たれた鞍馬の言葉が、凛の胸に突き刺さる。

少しの間ではあったが、糸乃と共に過ごした時間は凛にとってとても楽しいひとときだった。

同性で同年代の初めての友人。長い間、自分には縁のない間柄だと思い込んでいたが、心の奥底では渇望していたかけがえのない存在。それをたった数日で、失うことになってしまうなんてつらすぎる。

しかし、鞍馬の言葉の通りだ。自分がもし糸乃の立場だったら、仲のいい友人でいられるはずなどない。

相手の顔を思い出すだけで、深い悲しみに溺れてしまうだろう。

『堂々としていなさい』という紅葉の助言を実行するのはさすがに難しそうだが、凛はできるだけ糸乃の心を乱さないような行動を取ろうと心に決めたのだった。

龍水荘の窓から見える風景は、いつ何時でも美麗だが、凛は特に日が沈んでからの景色が好きだった。

月明かりに照らされてほのかに白く光る雪に、辺りの旅館から漏れる温かい光がにじむ光景は、心に清らかな感傷を与えてくれる。

仕事が終わり、部屋に戻るために進んだ廊下の窓から、まさに夜の幻想的な光景がちらりと見えたので、凛は思わず立ち止まった。

しんしんと雪が降り積もっている白銀の夜景。昨日までならば、労働による疲れがこの景色で癒され、『明日も頑張ろう』という気分になっていたが、今日はそう簡単に凛の心身に活力は戻らない。

——糸乃ちゃん。まだこの旅館にいるんだよね。

今日はチェックアウトの処理を手伝ったが、糸乃が出た形跡はなかった。昼前に一度鉢合わせてから彼女の姿は見ていない。

出かけているのか、部屋に閉じこもっているのか定かではないが、どんなふうに過ごしているのだろうと凛は気になってしまう。

しかし、自分がこんなふうに考えている状況すら糸乃に対する冒涜にも思えた。恋敵から心配なんかされても、どの口がほざくのかと腹立たしくなるだろう。

かといって、気にしないで堂々とするのももちろん凛には難しいのだった。

そんなふうに物思いにふけりながらぼんやりと雪景色を眺めていた凛だったが。

「あれ……？」

旅館の敷地の外の雪原を進む人影が見えた。除雪された歩道とは違い、誰も足を踏み入れないような場所だ。

不思議に思って目を凝らす。

すると、見覚えのある蜘蛛が描かれた着物が微かに見えた。

——あれは、糸乃ちゃん……？　こんな夜更けにあんな場所でなにをしているのだろう。

しかも凛が過去に知った知識の中に、絡新婦は昆虫の蜘蛛の性質を引き継いでいるため寒さには弱いという情報があった。糸乃自身、『あたしは寒いのは苦手』と話していた覚えもある。

気になった凛は、部屋から防寒着を引っ張り出すなり外に飛び出した。

雪がちらつく中、窓から見えた場所にたどり着くと、糸乃は必死の形相で雪を掘り起こしていた。なにか不測の事態でも起こったのだろうか。

凛は声をかけようかしばしの間迷った。糸乃にとって、自分は憎たらしい相手であるのは間違いない。

なにか困りごとがあったとしても、凛にだけは手を貸してもらいたくはないと思われるかもしれない。

でも放っておけない。一度友達だと言ってくれた相手が困窮しているのを、黙って見過ごすなど凛にはできなかった。

「……なにをしているの？」

恐る恐る声をかける。

すると糸乃は、その時初めて凛の存在に気づいたらしく、驚愕したように目を見開いて凛を凝視した。

称号持ちのあやかしが、足音をひそめもせずに近寄った凛の気配にそれまで気づかないとは、よっぽどうろたえていたのだろう。

「あんたには関係ない」

凛から目を逸らして糸乃はにべもなく言葉を放つ。しかし予想通りの答えだったので、凛はすかさず尋ねた。

「なにか、探しているの？」

しばしの間、糸乃は答えずに雪を手でかいていた。手袋もしていない真っ白な指先は、見ただけで震え上がりそうになる。

糸乃は深くため息をついた後、淡々と告げた。

「落とした。……髪飾りを」

その言葉に凛はふと思い出す。糸乃の頭頂部は、いつも蜘蛛の巣がモチーフの髪飾りで彩られていたことを。

素直に答えてくれたのは凛には予想外だった。

凛の存在をそれほど忌々しく感じていないのか。それとも、よっぽど大切な髪飾りで藁にもすがる思いで打ち明けたのか。

「いつもつけている、蜘蛛の髪飾りだね」

「……そう。一時間くらい前にこの近くを歩いている時に、強風に煽られてこの辺に飛んでいった」

凛は辺りを見渡した。

時折木が生えているとはいえ、辺りはただの真っ白な雪の原っぱ。そして数時間前から、ぼたん雪が降っている。

一時間も前に落としたとなると、おそらく髪飾りは雪に埋もれてしまっている。小さなアクセサリーを発見するのは至難の業だろう。

「……糸乃ちゃん。見つけるのは難しいよ」

寒さに弱い糸乃の体が心配になり、凛は困り顔で言う。

「でも……」

「このままじゃ凍えちゃうよ。諦めよう」

「ダメ。あたしは諦めない。……あれは昔、伊吹にもらったものだから」

口惜しそうに放たれた糸乃の言葉に、凛は虚を衝かれた。

伊吹が凛と出会う前に、親しい間柄だった糸乃に贈ったものなのだろう。

もし自分が大好きな人――伊吹からの贈り物を不注意で紛失してしまったとしたら諦められるわけない。

凛は自分の上着を脱ぐと、糸乃に羽織らせた。

「凛……？」

糸乃は理解できないという面持ちで、凛を見つめる。

「絡新婦は寒さに弱いって聞いたから……。私は大丈夫、鬼だからね」

実際、鬼の体はあやかしの中でも丈夫な方で、日本の四季で体験する寒暖差くらいなら、体調への影響はないと言われている。

とはいうものの、凛は鬼ではなく人間である。

しかし絡新婦の彼女に比べれば、幾分か冷気には耐えられるはず。そんな思いで、凛は糸乃に上着を譲ったのだった。

そして凛は、辺りの雪を掘り始めた。その冷たさが、想像以上に指先に染みる。部屋から手袋を持ってこようかとも考えたが、雪がこれ以上降り積もる前に掘り当てた方がいい気がした。

「……まさか、捜してるの？　別にそんなことしなくていいんだけど」

糸乃は凛に向かって、そう言葉を放った。

言い捨てるような、怒気のはらんだ声音だった。しかし凛はそんな糸乃の方は見ずに、髪飾りを捜す手を止めない。

「私が糸乃ちゃんと同じ状況になったら、たぶん必死に捜すから」

小さな舌打ちのような音が聞こえてきたが、その後はなにも返ってこなかった。

振り返ると、彼女は凛から少し離れた場所の雪を掘っている。凛が手伝うことを渋々許したようだ。

もっとなじられる可能性も覚悟していたから、凛は少し安堵した。

ふたりは言葉を発することなく、しばらく蜘蛛の髪飾りの捜索を続けた。しかし真っ白な空間の中、小さなアクセサリーが見つかる気配は一向に訪れない。

「……もういいよ、凛」

数十分ほど経った頃だろうか。糸乃は嘆息交じりに口を開いた。

「糸乃ちゃん？」

「だから、もういいって言ったんだよ。鬼っつっても寒いもんは寒いでしょ。こんなの見つかるわけないじゃん。もう諦める」

すでに凛の指先の感覚はほとんど失われていた。寒さに弱いはずの糸乃は、もっとダメージを負っているだろう。

肉体的な負担を考えれば、この辺が潮時だろうと凛も思う。

しかし糸乃の歯がゆそうな表情を見て直感した。これは自分だけを引き下がらせる、彼女の方便だと。

「私がやめたとしても、糸乃ちゃんは残ってひとりで捜すんでしょう？　見つかるまで、ずっと」

淀（よど）みなく言った凛の言葉を聞くなり、糸乃は虚を衝かれた面持ちになった。

「そ、それは……」

「やっぱりね。こんな寒い中、ひとりでそんなことさせられないよ」

凛は再び雪を掘り始めた。

この辺はあらかた捜したはずだから、ちょっと場所を移動してみよう。そう考えていると。

「あんたが……もっと嫌な奴だったらよかったのに」

糸乃がぼそりと呟いた。凛に伝えるためではなく、つい出てしまった独り言のような口調だった。

だが凛は、その言葉の意味がわからなくて、「え？」と声を漏らしながら顔を上げた。

すると糸乃の後方に立つ木の枝の端が、風に揺れた瞬間、きらりと光を放ったように見えた。

凛はその光の元を逃すまいと、糸乃を押しのけて木の方へ突進する。

「凛……!?」

突然の凛の行動に糸乃は怪訝な顔をするが、答えている暇はない。見失わないうちに早く、それを手の中に収めたかった。そして……。

「あった！」

蜘蛛の巣の端の出っ張りが、たまたま木の枝に引っかかっていた。強風に煽られるかして飛ばされたのだろう。

しかし、さっき凛が木の周辺を見た時はなかった気がした。

少し揺らせば地面に落下しそうな位置に髪飾りは引っかかっていたので、数分……いや、数秒後には見つけられなかったに違いない。

この瞬間、凛がたまたま木の方に目を向けなければ、糸乃の宝物は永久に発見できなかったかもしれない。

「え⁉ マジでっ？」

糸乃は声を張り上げ、凛の方へと駆け寄ってきた。

「ほら！　これでしょう⁉」

「ほ、ほんとだ！」

思わず満面の笑みになって凛が糸乃に髪飾りを渡すと、糸乃は驚いたように目を見開いた後、破顔一笑した。

そしてふたりは、どちらからというわけでもなく、その場で手を取り合って「やったやった！」と跳び上がる。

お互いに気まずくなっていたことなどつい忘れてしまうほど歓喜の渦の中にいたが、次の瞬間。

「……⁉」

跳び上がった凛は雪の上に着地をしたつもりだったのに、なぜか足が地に着く感覚が訪れなかった。

辺り一面銀世界でふたりは気づいていなかったのだ。自分たちが崖付近で跳び跳ねていたことを。

崖から身を投げ出すような形になってしまった凛の体が真っ逆さまに落下していく。なにが起こっているか理解できていない凛は頭が真っ白になっていて、ただ呆然と重力に身を任せるしかなかった。

「凛！」

崖の上から糸乃が手のひらを凛の方へと向ける。すると彼女の五本の指から大量の糸が飛び出した。

糸は目にもとまらぬスピードで蜘蛛の巣の形へと編み上がっていく。そして雪の上にたたきつけられそうだった凛の体をすんでのところで包み込む。

落下の衝撃は若干あったものの、柔らかい蜘蛛の糸に包まれていたためか、痛みを覚えるほどではなかった。

「凛！　大丈夫!?」

緩やかな傾斜になっている方から下りてきた糸乃が、凛へと駆け寄る。

「うん……。驚いたけれど、大丈夫みたい」

「怪我はしてないの⁉」

「どこも痛くないよ」

と言いながら、自分が落ちた崖の頂上を見上げる凛。

十数メートルはありそうな高さだ。いくら柔らかい雪の上とはいえ、普通の状況で落ちたらただでは済まなかっただろう。

「糸乃ちゃんが糸で助けてくれたおかげだね。ありがとうね」

凛は微笑んで答える。

糸乃も安堵の笑みを一瞬浮かべたが、ハッとしたような面持ちをした後、気まずそうに目を逸らした。

「お、鬼のくせに崖から落ちたくらいでなにをピンチになってんのさ。まったく、本当に妖力の低い子だね」

確かに、伊吹ならばあんな崖から落ちたところで何事もなかったかのようにすたっと着地をするだろう。

鬼ではないと疑われてはいないようだが、『もう少し鬼っぽく振る舞えるようにしないと』と軽く反省する凛だった。

「とにかく、早く旅館に戻ろうか。このままじゃふたりとも凍えちゃうから」

立ち上がって凛は言う。

髪飾りの捜索中は必死だったためか、手がかじかんで指先の感覚が麻痺しているくらいで、そこまでつらくはなかった。

しかし発見して安堵した途端、凍てつくような寒さが全身に突き刺さってきた。きっと糸乃の体ももう限界に近いはずだ。

「……そのことなんだけどさ」

糸乃は自嘲的な笑みを零すと、その場に膝から崩れ落ちた。

「糸乃ちゃん!?」

「あんたを助けるために大量の妖力を使っちゃって。あたしにはもう歩く力も残っていないいんだよ……」

「……！」

凛は絶句する。

「だからあんたは、ひと足先に旅館に戻って助けを呼んできてくれない？」

雪の中に体を埋もれさせながら、糸乃は息も絶え絶えに声を絞り出した。

確かにそれが一番いいだろうと凛も一瞬考えたが、糸乃はすでに顔面蒼白。首筋や手のひらも、白を通り越して青みがかっており、少し放置したら氷漬けになってしまうのではないかと不安を覚えるほどだった。

髪飾りを捜索している間に、知らないうちに旅館からだいぶ離れてしまった。凛が

ない。

今までにこれほどまで鮮やかかつ、完膚なきまでに叩きのめされた覚えは糸乃には

しかしなぜか気分はとても清々しい。

──馬鹿じゃないの、この子。

凛を助けるために蜘蛛の糸を大量に出し、妖力を使い果たしたせいで糸乃の体は冷え切っていたはずだった。

しかし凛の背中から感じる体温のせいか、幾分か温まっている。

恋敵に助けられているこの現状。単純に感謝の念も抱いていたが、それ以上に自分の胸中を占めていたのは凛を理解できないという感情だ。

それと、圧倒的な敗北感。

──あたしは伊吹を誘惑して、自分を見てもらおうとした。あんたたちの仲を引き裂こうとしたってのに。

凛の夫が伊吹だと知った糸乃は、なにも気づいていないようだった凛に『これ以上あたしに話しかけないで』と理不尽な態度を取った。

その前日は、『もう友達でしょ』と自ら告げて仲睦まじく夕食を共にしたというのに。

凛は糸乃の豹変を当然理解できなかっただろうし、大変なショックを受けたに違い

ない。

しかし、先ほど髪飾りを捜す自分に声をかけた凛は、もうすべてを知っているような素振りだった。

どんな気持ちで自分に声をかけたのだろう、と今になって糸乃は思う。

あの瞬間は勝者の余裕なのかと腹立たしく感じたが、どうやらそんな傲慢さを凛はひと欠片(かけら)も持ち合わせてはいないようだった。

優越感に浸るために手を貸したとしたら、ここまで体を張って自分を助けるはずはないだろうから。

——なんでこんなことをするの。あたしはあんたにとって、煩わしい存在でしかないはずなのに。

逆の立場だったとして、自分は凛と同じような行いができるだろうか。

想像すると頭の中に浮かぶのは、勝ち誇った笑みを凛に向ける自分。それはとても醜く、脳内だけの産物だというのに許しがたい姿だった。

——伊吹と同じように、心優しく気位の高いあやかしになれたと自負していたのに。こんなあたしじゃ、そもそも伊吹の心を射止めることなどできなかった。たとえ凛が現れていなかったとしても。

「凛」

糸乃が声をかけると、絶体絶命の状況だというのに凛は「なに？」といつもののんびりとした調子で言った。

凛の脳天気さに糸乃は笑ってしまいそうになる。

「あんたはさ、あんたに手を差し伸べたのがたまたま伊吹だったから彼のそばにいるんでしょう？　伊吹じゃなくても、助けてくれる男なら誰でもよかったんでしょう？」

今さらなにを聞いているのだろう、と糸乃は自分でも呆れる。少し前の自分が望んだ答えは、きっと凛からは返ってこないのに。

凛からは、しばらくの間返答はなかった。ざくざくという、彼女が雪の上を進む足音だけが辺りに響く。

――まあ。こんな質問、凛に答える義理はないよね。

糸乃が諦めた時だった。

「……確かに、伊吹さんはいきなり私の前に現れた。そして『今日から君は俺の嫁だ』と告げられて、最初はまるで訳がわからなかったの。理解する間もなく、彼のそばにいることになった」

凛は、ゆっくりと語り出した。

伊吹は〝あるきっかけ〟から、凛が彼を知る前からずっと、凛を大切にすると考えてくれていたこと。

妖力が低く鬼の若殿の花嫁として至らないと凛が考えていたら、『俺はそんなの気にしないが』と否定はしていたけれど、凛の気持ちに理解を示してくれていること。

共に成長し、共に歩もうとしてくれていること。

〝あるきっかけ〟など、凛の話は糸乃にとって詳細がわからない点も多かった。しかし言葉のひとつひとつを噛みしめるように話す凛の深い想いは、ひしひしと伝わってきた。

「まだ短い期間だけど、私たちの間にはいろいろな出来事があってね。いつの間にか生涯伊吹さんのそばにいたい、そのために彼にふさわしい存在になりたいって私は考えるようになっていたの」

「いつの間にか……」

凛も知らず知らずのうちに、自然と愛が芽生えていったということだろう。

ふたりの間に絆が生まれていく過程を想像して、糸乃は感慨深い気持ちになる。

「うん。……だからさっき雪の中で途方に暮れている糸乃ちゃんを見た時に思ったの。私の大好きな伊吹さんなら、友達が困っていたら我を忘れて助けに行くって。だから私も、そうでありたいの」

堂々と伊吹の横に立てるようになりたいという想いからの、凛の行動。

伊吹に振り向いてほしくて女を磨いていた糸乃は、凛に通じるものを感じた。

──だけど、きっとあたしにはあんたと同じようにはできなかったよ。自分に嫉妬心むき出しの女に、迷わず手を差し伸べるなんて。

清々しいほどの完敗だった。

もう、認めざるを得ない。鬼の若殿である伊吹の伴侶としてふさわしい器であるのは、誰よりも優しき心を持つ凛である、と。


降雪の中、糸乃を背負って歩いている間は意識が朦朧としていたが、見慣れた龍水荘の看板が目に入ると、凛の頭は明瞭になった。

背中から凛の体温が伝わったためか、糸乃は倒れた時よりもいくらか元気になっている気配がした。

──きっともう、これで大丈夫……。

本館に入り安心した凛だったが、糸乃を下ろすなり目眩がしてその場に倒れ込んでしまう。全身の震えが止まらず、視界は白く霞んでいる。

「り、凛！」

「凛ちゃん、どうしたん!?」

涙目で自分を見下ろす糸乃と、駆け寄ってきた瓢の顔がぼんやりと見えた。

「ゆ、雪の中倒れたあたしを凛が運んでくれてっ。私は鬼だから大丈夫って……！

で、でも大丈夫じゃなかったみたいでっ」

「と、とにかく体を温めんと！」

涙声で説明する糸乃と、慌ただしく動き始める瓢。すぐに凛は、旅館の一室に運び込まれた。

「低体温症みたいやな……」

凛を分厚い布団に寝かせるなり、瓢が眉間に皺を寄せる。

「あたしのせいだ……。あたしが、寒い中落とした髪飾り捜しなんかに長い間つき合わせたから」

ひどく口惜しそうに掠れた声を糸乃が漏らす。

凛は『糸乃ちゃんのせいじゃないよ』と反論しようとしたが、喉まで凍てついてしまったのか言葉が出てこない。

「落としたアクセサリーをね……。それなら糸乃、あなたのせいじゃないわ。この子はそういう子なのよ」

凛の代わりに答えたのは、美しく色気ある落ち着いた声音――紅葉の声だった。

瓢が凛の異変を知らせたらしく、部屋には紅葉と鞍馬がやってきていたのだった。

「そーそー。そーいう健気なとこがかわいいんだよね、凛ちゃんは」

鞍馬も紅葉に同調する。

健気でかわいいかどうかはともかく、自分のことをよくわかってくれているふたりの言葉が凛には嬉しかった。

「まぁ、成り行きは知らへんけど。見たところ凛ちゃんの命に別状はなさそうやし、あったためれば回復するやろ。糸乃さん、そんなに自分を責めんといてや」

瓢が穏やかな声で慰めると、糸乃の強張っていた顔も幾分か和らいだように凛には見えた。

「ってか、糸乃さんも体が冷えてるんやあらへんか？　温泉にでも入って、部屋でゆっくり寝とき」

「でもあたし、凛が心配で……」

「凛ちゃんは俺らが見てるからきっと大丈夫や。糸乃さんが倒れたら元も子もあらへんやろ？」

休息を渋る糸乃だったが、瓢の説得に納得したらしく「わかった。それじゃ、よろしく頼むよ」とぺこりと頭を下げて、退室した。

そして段々と凛の体が温まり始め、全身の震えが収まった頃。

「凛！　大丈夫か⁉」

部屋の扉が勢いよく開いたかと思ったら、伊吹が血相を変えて入ってきた。

「……いぶき、さん？　なぜ……」

いつの間にか、声を発することができるくらいにまで回復していた。

凛は怪訝な声を上げる。

まだ伊吹が帰ってくる予定の時間ではないはずだ。今日は遅くなると、朝彼が話していたのだ。

「凛が凍えて倒れたという連絡を瓢からもらって、すべての予定を放棄して飛んできたんだ！」

「えっ……。すみません、ご迷惑を……」

凛はいたたまれない気持ちになった。

伊吹は鬼の若殿という重要な立場。そう簡単に投げ出していい仕事なんてひとつもないはずだ。

自分のせいで、あやかし界での伊吹の肩身が狭くなったとしたら、伴侶として不甲斐ない。

「なにが迷惑なものか」

伊吹はいまだに冷気に侵されている凛の手を握った。

伊吹の手のひらは大きく、驚くほど温かい。まるで全身が包み込まれているような感覚に凛は陥る。

「自分の一番大事な存在も守れずに、鬼の頭など勤まるはずがないだろう？」

凛の顔を覗き込み、いつものように美麗な顔で優しく微笑む。

それを目にした瞬間、今までは徐々にしか温まっていなかった体が芯から熱を帯び始めた。

「伊吹さん……ありがとう、ございます」

たどたどしく言う凛の頬を伊吹が優しく撫でると。

「おい……。俺たちもここにおるんやけど」

「……なんだかふたりの世界って感じね」

呆れたように、伊吹と凛を見据える瓢と紅葉が渇いた声を上げた。

「このふたり、いつもこうだよ!? いつも隣にいる俺の存在なんて目に入ってないんだからっ」

いつものように恨みがましそうな顔をして同調する鞍馬。

伊吹の突然の登場に、つい彼のことだけを考えてしまっていた凛は、急に気恥ずかしくなった。

「あ、いえその……。べ、別にふたりの世界とか、その……」

なんて弁明したらいいかわからず、口ごもる凛だったが。

「皆、凛を介抱してくれた件については礼を言う。……だが、感動の再会にあまり茶々を入れてくれるな」

悪戯っぽく笑みを浮かべた伊吹は、なんと凛を抱え上げて横抱きする。

あまり知識のない凛でも知っている。これは俗にいう、お姫様抱っこという名の抱き上げ方だ。

「い、伊吹さん？」

「凛は、俺たちの部屋でゆっくり休ませる。皆、ありがとう」

みんなの回答も待たずに伊吹は、戸惑う凛を抱えたまま歩き出す。

「部屋でゆっくり休ませる、ねえ……」

「絶対いちゃつくに決まってるわよね、あれ」

「くっそー！　相変わらずずるい……！　もう爆発しろ！　爆ぜろ！」

どこかからかうような素振りのみんなを尻目に、部屋を後にした。

そしてふたりで宿泊する部屋にたどり着くなり、伊吹は布団に凛を寝かせた。

「まだ寒いか？　凛」

心配そうに覗き込んでくる伊吹。

「完全に温まったわけではないですけど、だいぶよくなりました。きっと朝まで休めば大丈夫です」

すでにはっきりしゃべれるようになっていた凛は、流暢に答えた。

「そうか。しかし、もっと効果的な方法があるぞ」

「効果的な方法？」

尋ねる凛に伊吹は答えないまま、なんと凛と同じ布団の中へと体を滑り込ませる。

「い、い、伊吹、さん……？」

再びたどたどしくなる凛の言葉。しかし今度は寒さからではなく、驚きと恥ずかしさが原因だった。

「ん？」

伊吹は凛の鼻先で、色気たっぷりの妖しい笑みを浮かべる。

「体が冷えた時は人肌で、という話があるだろう？」

「き、聞いたことは、ありますけど……。きゃっ」

凛の体に伊吹の両手が伸びてくる。そしてあっという間に、狭い布団の中で包み込まれるように抱きしめられた。

「こうすれば、凍えた体などすぐに温まる」

「は、はい」

つま先や指先はいまだに冷たく、寒さによる頭痛もまだあったが、伊吹の抱擁による熱が体の奥底から湧き出てきて、暑いのだか寒いのだかわけのわからない状態になっていた。

「それに実際に今、俺に宿る力を凛に分け与えているんだよ。凛の失った体力を補うようにな。そうするのに、こうやって抱き合うのが一番手っ取り早いんだ」

「そ、そうだったのですか？」

確かに、頭痛がどんどん和らいでいっている。伊吹の話は本当らしい。

「いや……嘘だ」

「え？」

「体の一部……例えば手のひらや指先を合わせるだけで、力を分け与えるのは可能だ。こうして凛を抱きしめているのは、単に俺の欲望だよ」

俺の欲望。大胆な言葉をはっきりと眼前で口にされて、ドギマギした凛はなにも言葉を返せず、伊吹に抱かれたまま俯く。

「嫌か？」

凛はぶんぶんと首を横に振った。

――嫌なわけない。ただ、あまりにドキドキしてしまっているだけ。

心臓の高鳴りによる、息苦しさ。それは心地よい痛みでもあった。ただ、それにどう対処したらいいのか、わからなかったのだ。

「倒れたと聞いて、俺はどうにかなってしまいそうだった。凛を失うなんて俺には耐えられない。それを改めて、痛いほど実感した」

「……伊吹さん」

「え？」

「凛ももう知っているみたいだけど、あたしがずっと好きだった人は伊吹。伊吹の嫁が凛だって知って、あんたに嫌な態度を取ってしまった」

「糸乃ちゃん……」

切なげな光をたたえて言葉を紡ぐ糸乃。凛もいたたまれない気持ちになる。

「でもそんなあたしが困っていたのを、あんたは助けてくれた。自分の身を挺して(てい)ね。まっすぐなあんたを見て、あたしはなんて愚かで卑しい存在なんだって思ったよ。ごめんね。そしてありがとう」

凛に向かって深々と頭を下げる糸乃。

凛はそんな糸乃の手を取る。

顔を上げた糸乃は、驚いたように目を見開いていた。彼女に向かって、凛はゆっくりと首を横に振った。

「糸乃ちゃんは愚かで卑しい存在なんかじゃないよ」

「凛……」

「あの、私がこんなことを言っても嫌かもしれないけれど……。ずっと長い間、好きな人のために頑張って自分を磨いて。なんて素敵な子なんだろうって思った。そしてそんな子に友達って呼んでもらえて、私はとても誇らしかったの」

さまざまな感情が湧き上がり、凛は自然と涙ぐんでしまう。糸乃の瞳も潤んでいるように見えた。

「あたしも……！　あたしもやっぱり、これからも凛と友達でいたいよっ。ねえ、これからも仲良くしてくれる？」

「そんなの、私からもお願いしたいくらいだよ……！」

涙を浮かべながら、再びの友情を誓い合うふたり。さらに深まった糸乃との絆に、凛は感慨深い気持ちになる。

するとと糸乃は、今度は伊吹の方を向く。伊吹は凛と糸乃とのやり取りを、穏やかな表情で静観していた。

「伊吹。あんたにも申し訳ないことをしたね」

「いや……俺はなにも気にしていないが」

「ふふ、昔から何事にも達観しているあんたならそう言うと思った。だけど凛に対しては鬼の若殿様も形なしだったねえ」

意地悪く笑って糸乃がからかうと、伊吹は少し焦ったような面持ちになった。

「えっ……？」

「まさかあんたが、あんなに甘い言葉を吐く男だとは予想外だったよ。いやー、お熱いですねー」

「あ、愛する嫁が倒れたら、ああなるのは仕方ないだろう」

「愛する嫁、ねえ。……伊吹、あたしからひとつ言わせてほしいんだけどさ」

糸乃は急に目つきを鋭くさせた。

「……なんだ？」

「今後凛を悲しませたら、あたしが許さないからね。凛はあたしの大事な友達だ。もしそんな場面があったら、絡新婦の糸の力であんたを八つ裂きにしてやるから。覚悟してね」

『大事な友達』という糸乃の言葉に嬉しさを覚えつつも、なんだか物騒な表現に凛はハラハラする。

しかし伊吹は、不敵な笑みを浮かべて堂々たる態度でこう答えたのだった。

「望むところだ。まあ、そんな事態など未来永劫訪れるはずはないがな」

未来永劫とたやすく永遠の愛を誓う伊吹に、凛は赤面してしまう。そんな凛を見て、瓢が「あらら、初心(うぶ)やなあ」と笑った。

「男に二言はないんだろうね？　期待してるからね、伊吹」

伊吹に向かって胸を反らし、糸乃はにやりと微笑み返す。

「ああ」

「これで言いたいことは全部伝えたよ。……だけどあたし、凛にもうひとつ大事な用があったんだよね」

「え？」

　大事な用に心当たりがない凛は首を傾げる。

　そんな凛に向かって糸乃は意味深に微笑むと、懐から小さな物を取り出した。薄紫色で、取っ手のような部分には小さな蜘蛛の巣が描かれている。

「前に話したよね？『もっと深い仲になったら押す』って。ケンカもして仲直りもしたあたしたちは、その深い仲になれたと思うんだ」

「御朱印……!?」

　そう、糸乃が懐から出したのは、彼女の御朱印だったのだ。

「糸乃ちゃん、いいの……？　絡新婦の掟で、滅多なことじゃ押しちゃいけないって」

「あたしを助けてくれたあんたに押せないなら、あたしはこれを一生押す機会はないだろうね。あたしはね、凛が……いや、凛と伊吹という夫婦が気に入っちゃったんだ。そしてこれをあんたの御朱印帳に押せば、あたしの長年の想いもいい思い出として昇華できそうな気がするんだよね」

「糸乃ちゃん……」

　糸乃は大きな瞳でじっと凛を見つめ、こう告げた。

「これを押すのは、あたしのためでもあるんだよ。だから凛の御朱印帳に、これを押

だってそれは同様である。
――そやけどすまんな伊吹。ちょい確かめさしてもらうで。
少々申し訳ない気持ちを伊吹に抱きながらも、瓢は決意する。
凛が瓢の思う彼女であるかどうか、確認することを。

第四章　追憶

それは懐かしい記憶だった。

頭の中の引き出しを開いて、奥底を丁寧に覗き込まないと蘇らないような、淡く遠い思い出。

幼い頃の凛は、すでに自身の境遇を受け入れていた。物心つく前から当然のように虐げられていたのだから、自分にとって世界はそういうものだと息を吸うように自覚していたのだ。

泣きわめいても助けを呼んでも、誰も手を差し伸べてくれない。世界は何も変わらない。

諦めにも似た境地に、幼少の凛はすでにたどり着いていた。

些細な抵抗を何度試したところで、逆に手ひどい扱いを受けるだけだったから。

そんな小さな凛にとって、それは初めての救いの手だった。

『お凛ちゃん』

ある理由でクラスに馴染めない彼の存在を、凛は心苦しく感じていた。

自身が虐げられることは慣れているはずなのに、他人が同じ目に遭うと自分の悲惨な境遇を客観的に見せつけられているような気がしてひどく気落ちするのだ。

だからいても立ってもいられなかった。彼に手を差し伸べたのは、自分にこれ以上の闇を生み出したくなかったからだろう。

しかし、破かれていた教科書を一緒に直すのを手伝ったり、休み時間に味噌っかすにされて暗い顔をしていた時に声をかけたりといった些細な気遣いで、彼はとても嬉しそうに微笑むのだ。

『お凛ちゃん、ありがとう』

笑顔で礼を言われたのは、生まれて初めてだったと記憶している。ああ、なんて心地よく温かな言葉なのだろう、と凛は深く思った。

蔑むような目で自分を見ないのは、彼が初めてだった。家では相変わらず奴隷のような扱いだったが、彼と過ごす教室での時間は生まれて初めて凛の心に穏やかさをもたらした。

しかし彼との日々はそう長くはなかった。一緒にいたのはひと月程度だった。

もともとその予定だと最初からわかっていたが、彼がいなくなった後の底知れない孤独感は恐怖とすら感じられた。

だが、ただ少し前の世界に戻っただけ。自分にとって世界は底冷えするような寒々しいものでしかない。

それを思い出した凛は元のように息を殺し、ただ鬱々と流されるように日々を過ごしたのだった。

だからこそ、忘れてしまっていた。いや、きっと凛の防衛本能が働いて、忘れるよ

糸乃との仲が戻り、いや以前よりも親密な関係になれて心からよかったと凛は感じている。

「いろいろあったが、凛と糸乃が結果的によい関係になれたようでよかったよ。あいつは思い込みは激しいが、根はとてもまっすぐな奴だからな」

朝食後の茶をすすりながら、伊吹がしみじみと言う。

「はい。同世代のお友達は鞍馬くんに続いてふたりめで、私すごく嬉しいんです」

「そうだったな。しかし、人間界では仲良くしてくれた者は全然いなかったのか？」

人間としては珍しかった深紅の瞳のせいで、あやかしが憑いていると噂され、誰も近寄ってこなかった。

だから凛は『はい』と答えようとしたのだが。

口を開きかけた時、今朝見た夢が脳内に蘇った。

――とても短い期間だったから今まで忘れかけていたけれど、あの夢のおかげで彼を思い出したわ。

凛の赤い瞳を恐れずに仲良くしてくれたクラスメイトの少年のことを。

――私の目の色を彼が気にしなかったのは、あやかしだったからだろうな。

そう、その少年はあやかしだった。

あやかしと人間が平等だと表向きでは謳（うた）われている現代では、人間界で暮らすあやかしは少なからず存在する。

人を食わない種であり、温厚なあやかしのみが、あやかし界と人間界を行き来することを認められているのだ。

そのため、あやかしの子供が人間に交じって学校に通う場合が稀にあった。

しかし人間にはあやかしに対する恐怖心が遺伝子内に刻まれているため、人間の学校に通うあやかしの子供は恐れ敬われるか、いない者として扱われるかのどちらかになる場合がほとんどだった。

子供は本能と感情で動く生き物だ。自分とは異なる存在を排除したいという気持ちは、むしろ大人より強く、時に残酷な行動に結びつく。学友として交じるあやかしが力の弱い種族の場合、無視を通り越していじめに発展するケースも珍しくはないという。

自分に笑顔を見せてくれた少年が、なんのあやかしだったのかを凛は覚えていない。

しかし体はとても小さくて、あやかしには容姿の美しい者が多いというのに外見も平凡だった。正直、少年の顔はぼんやりとしか浮かばない。名前も、思い出せそうで思い出せない。

共に過ごした期間は本当に短い間だったし、そんな彼を友達と呼ぶのはおこがましいように感じられた。

「……そうですね。友達と呼べるような方は全然いなかったです」

「あ……。つらい記憶を蘇らせてしまったようですまない」

「いえ。今はよい方々に囲まれていますから、昔のことを思い出してもつらくはありません」

申し訳なさそうな顔をする伊吹に、凜は首を横に振って笑って答える。

本心だった。友人もできて、なにより自分を大切にしてくれている伊吹が隣にいる現状は、信じられないほど幸せで充実している。

昔の陰鬱な記憶を蘇らせても暗い気持ちになる暇すらないくらい、凜の心は満ち足りていたのだった。

朝食後に身支度をして、仲居の手伝いの仕事に入った。

昨日から急に気温が上がり、雪解けが進んでいると仲居たちが噂をしていた。そのためか、スキーやスノーボードを楽しみに来ていた宿泊客のチェックアウトが多かった。

「ふぅ……。これで最後ね」

いくつかのチェックアウト済みの客室の清掃を任され、最後の部屋の片づけを終える。

客室を出て、廊下でひと息つくと。

「あ、凛ちゃん。こんなところにおった。探したんやで」

瓢が小走りで駆け寄ってきた。

――瓢さん？　私になんの用だろう。

一応、ここ龍水荘の主である瓢が凛の雇い主ではあるが、凛への直接的な業務の指示は仲居の女性が行っている。

瓢個人が凛に用事がある機会など今まではなかった。

「なんでしょうか？」

「ちょっと凛ちゃんにお願いがあるんやけど。よかったら一緒についてきてくれへん？」

「ええ……いいですけど」

雇い主のお願いなのだから、もちろん断る理由はない。

「よかった。ほな、行くか」

「はい」

廊下を進む瓢についていく凛。

すると彼は従業員用の出入り口から本館の外へ出て、旅館の裏にある山の方まで進んでいった。

「私、こっちの方は初めて来ました。なにがあるんですか？」

「ああ、水龍を祀っている祠があるんよ。洞窟の中なんやけどな」

「祠が……そうなのですね」

祠については初耳だったが、瓢は水龍に仕える蛟というあやかしだ。

白銀温泉郷自体が水龍の加護にある地域だとも聞いている。祠が存在していても、なんら不思議ではない。

――祠の掃除とか、お供え物の交換とか、そんな仕事かな。

瓢が自分に頼みたい用事をいろいろ予想しているうちに、洞窟の前にたどり着いた。

入り口には小さな鳥居が鎮座している。

「さ、中に入ろか」

「はい」

促されるがまま、瓢の後について中に入る。数メートル進んだ先に、ご神体が祀られている社殿が見えた。

古そうだが手入れは行き届いているようで、埃っぽさは感じられない。瓢がちゃんと管理をしているのだろう。

「この中には、水龍のご神体と茨木童子の髪が祀られとるんや」

社殿を前にして瓢が説明する。

「茨木童子様の髪が……？」

なぜそんなものが、と凜は疑問だったが、そういえば百年ほど前に暴れていた水龍を茨木童子が鎮めたという伝説があると伊吹が話していた。

「茨木童子が水龍を説得した時に、友情の証として髪の毛をひと筋ここに置いていったって伝承されとる」

「友情の証ですか……。なんだか素敵な話ですね」

「せやなあ」

やはり先代の夜血の乙女は偉大な人物だったのだなと、凜は改めて思わされた。

――私も頑張らなくっちゃ。……あれ、そういえば。

「あの、瓢さん。それで私にお願いしたい仕事とは？」

茨木童子の伝説の話に興味が惹かれ、一瞬忘れていた凜だったが、現在も業務の途中だったのを思い出し尋ねると。

「あのな、凜ちゃん。それ嘘や」

瓢は笑みを絶やさぬまま、そう答える。

「え……？」

一瞬で不穏な気持ちになり、凜は身構えた。

「水龍はややこしい性格で、好き好かんが多いんや。この祠の前にあった鳥居をくぐれるんは水龍の眷属（けんぞく）である俺たち蛟と、妖力のあらへん人間だけ。茨木童子は確か、人間やったはずやな」

「……！」

凛の全身に戦慄が走る。

非常にまずい状況だ。祠に入れるのは蛟と人間だけだという話が本当だとしたら、もはや弁明できそうにない。

とはいえ、下手な言葉はまだ発しない方がいいだろう。ごくりと唾を飲み、できるだけ焦りを顔に出さないように凛は唇を噛んだ。

「凛ちゃんが低体温症で倒れたって聞いた時に変やと感じたんや。鬼の体はあやかしの中でもトップ三に入るくらい強靭だっちゅうのに、あれくらいで低体温症になるわけがあらへん。君がなんぼ、妖力の低い鬼やとしてもな」

「……………」

なにも言葉が返せず、凛は黙りこくる。

「で、さらにこの祠にあっさりと入れてまうもんだからなあ。凛ちゃん、君は鬼の匂いはするけれど、そら凛ちゃん自身のちゃうやろ？　伊吹からこすりつけられた残り香かなんかやろか？」

すでにそこまでわかっているのか。

さすが鬼の若殿と親しい瓢だ。きっと彼もあやかしの中ではかなり上位の存在なのだろう。

「もうめんどいさかい単刀直入に聞くわ。凛ちゃん、君は鬼ちゃうやろ？　そうなると、もう人間しかあり得へんのやけど」

笑みを浮かべながら尋ねてくる。

瓢の真意がまったく読めない。蛟は鬼を食わない種だと聞いているし、伊吹が信頼しているはずの相手だ。

だが、凛にとっては絶対に暴かれてはならない事実を、逃げ場がない状況で突きつけてくる彼に、凛は恐怖心を抱いてしまった。

「わ、私、は……」

自然と声が震えてしまう。

怯えた表情を瓢に向けぬよう歯を食いしばってはいたが、瞳にはきっと彼に対する恐れが浮かんでしまっている。すると……。

「わー！　ご、ごめんごめん凛ちゃんっ。いつの間にか尋問しているような状況になってしまったわ。凛ちゃんを怖がらせようとしているわけでも、取って食おうとしているわけでもあらへんで。蛟は人肉には興味ないしな」

途端に慌て出し、凛をなだめるように瓢が言う。

凛を問いただしている時は、瓢も真実に迫ろうとしていたためか笑顔の中に鋭さが垣間見えた。しかし怖がらせるつもりはなかったらしく、凛が震えた声を上げるなり、うろたえ始めたのだった。

そんな瓢の様子を見て、凛の恐怖心が萎んでいく。緊張していた心と体の力が一気に抜けた。

「え……。あ、あの。ではなんのために私を……?」

もはや人間ではないと否定するのはあまりに無意味な状況だったため、凛は素直に尋ねた。一応、まだ肯定もしてはいないが。

すると瓢は咳ばらいをして気を取り直した後、神妙な面持ちになって凛に問う。

「凛ちゃんが本当に人間だとしたら。俺はたぶん、君に会ったことがあんねん。すっごく前にな」

「え……!?」

「胡盧って名前の男の子を覚えてへん?」

——胡盧?

聞き覚えはない。しかし凛の頭の片隅で、なにかが引っかかった。知らないと簡単に片づけてはいけないと、記憶の破片が主張している気がした。

「胡盧……」

発音してみたら、急に今朝見た夢が脳内に広がった。なぜあんな昔の夢を、と一瞬思った凛だったが。

『ころちゃん』

ほんの一時、凛を友人のように接してくれた彼をそう呼んでいたのは、紛れもなく凛本人だった。

ぼやけていた彼——ころちゃんの顔が鮮明に蘇る。

「ころ……ちゃん⁉」

半信半疑で昔の呼び名を口にすると、瓢は瞳を輝かせる。

「やっぱし、お凛ちゃんやんっ。覚えてくれとったんか！　そうや、俺がころちゃん。小学校の時にちょっとだけ一緒だった！」

「ほ、本当に⁉　まさか、こんなところで再会するなんてっ」

今朝彼の夢を見ていなければ、きっと思い出すことはできなかったに違いない。このタイミングでのあの夢は、瓢がころちゃんであると凛の本能が感じ取っていたためだろうか。

「最初に会った時に、昔仲良うしたお凛ちゃんやん！って気づいたんや。凛ちゃん、あの頃の面影めっちゃあったしな。そやけど鬼って言うてるし、ちゃうかーって思い直したんや。そやけどやっぱしお凛ちゃんやったんやな！」

十年以上経ってからの再会に、瓢は興奮した様子で言った。

すでに人間であることを隠す気の失せた凛は、うんうんと勢いよく頷く。

「でも、ころちゃんはあの時と全然違うんだね。名前も変わってるし、目や髪の色だって……」

幼い頃の瓢は、現在のように白藍色の髪と瞳の持ち主ではなかった。髪も目も灰色に近かったと凛は記憶している。

「ああ。俺ら蛟は、成人する時に脱皮するんよ。蛇のあやかしやさかいな。そん時に髪と目の色が変わんねん。で、『胡盧』は俺の幼名で、成人した時に今の『瓢』になったんや。両方とも、瓢箪の意味やけど」

「へえ……それは知らなかった」

確かに、あやかしの中には子供と大人で外見が大きく変わる種があると凛も聞いた覚えがあった。

しかし、あの頃は自分よりも小さいくらいだった華奢な少年がすっかり美丈夫になっているなんて想像もしていなかった。よく見れば、細い目元に昔の面影を残してはいるが。

「俺たちの種族にはな、子供の頃に人間社会で生活するっていう試練が課せられんや。水を司る蛟は人間と関わりが深いからな。その試練のために俺も短期間だけ人間界で暮らす運びになって人間の子供が通っている小学校に行ったら、お凛ちゃんと出会ったというわけや」

「そうだったんだね……あ、そうだったんですね。すみません、いつの間にか馴れ馴れしい口調に」

瓢がころちゃんとわかってから、つい昔のように砕けた言葉遣いになってしまっていた。

しかし瓢は首を横に振りながら、気安くこう言った。

「はは、ええってええって。俺もお凛ちゃんとの再会が嬉しいんや。昔のように話してくれよな」

「で、でも」

雇い主とアルバイトという立場上、どうしても凛は気が引けてしまう。

「いいんやって。よそよそしくされたら、かえって寂しいやん。俺とお凛ちゃんの仲やないか」

そこまで言われれば、かしこまった敬語でいる方が失礼かもしれない。

「わかりまし……う、うん。わかったよ、ころちゃん」

それにしても、人間ではないかと瓢に突きつけられた時はどうなることかと冷や汗をかいたが。

ころちゃんである瓢が、凛をお凛ちゃんではないかと突き止めようとしていたためだとわかって、凛は安堵していた。

――できるだけ人間だってバレてはならないけれど。バレたのがころちゃんなら、きっと大丈夫よね。

凛がそんなふうに考えていると。

「ところでお凛ちゃん。人間だとわかったさかいに、ひとつ聞きたいんやけど」

昔話に花を咲かせていた時は朗らかな面持ちだったというのに、急に真剣な目つきになって瓢が尋ねてきた。

「なに？」

「なんで伊吹の……鬼の若殿の花嫁なんかやっているんや？　しかも、鬼のふりをしてまで。人間であるお凛ちゃんにとって、あやかし界に身を置くなんて、肉食獣の群れの中に飛び込むようなもんやんか」

「それは……」

瓢の疑問はもっともだ。特別な事情がある者を除いて、あやかし界で生活している人間は皆無に等しいのだから。

しかし凛は、特別な事情がある者に当てはまるのだ。

瓢に説明するかは少しだけ迷ったが、人間だとバレてしまった以上、他の事情を隠す意味はあまりないだろう。

そう考えた凛は、生まれついて定められていた自分の運命と、ここ数カ月の出来事——夜血の乙女、生贄花嫁、御朱印のことなどについて、瓢に順を追って説明した。

「はー……。なんや、大変そうやなあ」

波乱万丈な凛の人生を聞いて、瓢は圧倒されたようだった。

瓢の言う通り、多くのあやかしから御朱印を集めて回るのは茨の道だろう。御朱印を持つ称号持ちのあやかしたちは能力が高く、しかも個性的な者が大半だ。御朱印のために無理難題をけしかけてくる者も多いと凛も聞いている。しかし。

「大変……かもしれないけれど、伊吹さんの嫁としての使命だと思って頑張ることにしたの」

とにかく今は、前に進むしかないのだ。

人間でありながらも多くのあやかしに慕われた、茨木童子のような存在を目指すためには。

「……そか。ま、あまり無理せんでな」

「ありがとう、ころちゃん。……あ、それでね。私が人間だということは、ここだけの話にしておいてほしいの」

思慮深そうな瓢にならこんなふうにあえて言わなくも問題ないと思ったが、一応念押しした。

「おー、わかっとるわかっとる。そんなんしたら危険やって、俺も重々承知しとるさかいな」

やはり瓢は理解していたようで、頷きながら答えるも。

「……そうやんな。あやかし界におるんは、お凛ちゃんにとってめっちゃ危険やんな」

ひと呼吸おいてから、そう付け足した。

どこか意味深な口調だった上に、一瞬彼の瞳の奥が光ったように見えたので、凛は眉をひそめる。

「ころちゃん？」

「あ、なんでもあらへんで。そうや、そろそろ仕事に戻ろか。あんまりお凛ちゃんを連れ回しとったら、俺の方が仲居たちに叱られてまうわ。お凛ちゃんも、もう立派な戦力やさかいな」

取り繕ろうかのような瓢の物言いが、やはり気になった。

しかし仕事に戻らなければいけないのは確かなので、瓢に促されて凛は祠のある洞窟を出る。

そして本館に戻り、早速仲居に仕事を頼まれて忙しく働いているうちに、凛は先ほどの瓢の妙な態度について、つい忘失してしまった。

「すみません伊吹さん。ころちゃん……瓢さんに、私が人間だとバレてしまいました」

その日の夜。仕事を終えた凛は伊吹の待つ部屋へと戻るなり、恐る恐る打ち明けた。

「えっ……!? しかしどうしてそんなことに？」

一応、驚いた素振りを見せる伊吹だったが、凛の想像より驚愕しているようには見えなかった。

──伊吹さん、なにか気づいていたのかな？

そう思いつつも、伊吹に経緯を説明する凛。

「そうだったのか……！　まさか、人間界でふたりが出会っていたとはな」

「ええ。その時の面影が私に残っていたから、瓢さんは最初から私をちょっと疑っていたみたいだったんです」

「なるほど……。いや、実は凛が低体温症で倒れた時に、あいつが凛を観察するように見ていたんだ。なんだろうと気になってはいたが、人間かどうか見極めていたんだろうな」

だから伊吹は瓢に人間だとバレてしまったと話した時、さほど驚かなかったというわけか。

「すみません、鬼のふりをしているというのに体が強靭でない場面を見せてしまって。私の不注意です」

あの出来事さえなければ、正体がバレずにやり過ごせたかもしれない。そう考えると、凛は自分の行いをひどく後悔した。

しかし伊吹は、そんな凛に向かって優しく言葉を放つ。

「いや。瓢もなかなかできる男だからな。最初から凛を怪しいと思っていたようだし、倒れた場面を見なかったとしても、いずれ知られただろう。だからまあ、あまり気にするな」

凛以上に瓢をよく知っている伊吹がそう言うのなら、きっとそうなのだろう。罪悪感を軽減させてくれる伊吹の言葉が、凛の身に染みる。

「ありがとうございます」

「それに、バレたのが瓢ならまず問題はないだろう。あいつなら秘密は守ってくれるし、心配ないはずだ」

凛以上に、伊吹は瓢の人柄を信頼しているのだろう。

――ころちゃんに正体がバレた件、大事にならないようでよかった。

そう凛が安堵していると。

「……しかし。瓢の奴、腹立たしいな」

「えっ？」

伊吹が急にとても不機嫌そうな顔をし始めたので、凛は戸惑った。

「いや、だってあいつ。俺が凛と出会う前から凛を知っていたのだろう？　俺の知らない小さくてかわいい凛を知っているなんて……！」

ひどく口惜しそうに伊吹は言う。

確か伊吹が夜血の乙女である凛を発見したのは、凛が十歳の頃だったと聞いている。

瓢が凛と同じ学校に通っていたのは、八歳の頃だ。伊吹の主張する通り、瓢との出会いの方が昔ということになる。

だが凛にとっては正直取るに足らない話に思えたので、なにを伊吹が悔しがっているのか全然理解できなかった。

「まあ、そうですけど……。そんなにこだわることでしょうか？」

「こだわるともっ。すごく、とても！　十歳の頃の凛も儚げで愛おしかったが、それより小さい頃なんて……。想像するだけでも可憐だというのに、瓢は実物を見ただとっ。瓢、許すまじ……！」

「はあ……」

――子供の頃の私なんて服も食べ物も満足に与えられていなかったから、八歳でも十歳でも、どちらにしろみすぼらしいだけだったはずだけど……。

なのに伊吹にとっては十歳の凛は愛おしく見え、想像の中の八歳の凛は可憐らしい。

そんな伊吹に、過去の悲惨な自分もすべて受け入れてくれるようなおおらかさを感じ、凛は嬉しいような恥ずかしいような気分になる。

「そういえばこの後、瓢から夕食に誘われているんだった。心底腹立たしいが、八歳の頃の凛について詳しく尋ねよう！」

「そ、そうですか……」

「ああ、大事なことだからな！　ついでに、一応俺からも凛の正体については口外しないように念を押しておこう」

ついでの話の方が大事なのでは？と凛は気になったが、伊吹の中では優先順位が大きく異なるらしい。

よっぽどのことがない限り瓢なら秘密を守ると、伊吹が彼を信用している証拠だろうけれど。

「そうだ、凛も晩ご飯はまだだろう？　一緒にどうだ？」

「ぜひご一緒に……と言いたいところなのですが。実は鞍馬くんたちとの先約がございまして」

鞍馬から紅葉や糸乃も一緒に、旅館内のレストランで食事をしようと昨日誘われていたのだった。

夜は伊吹も瓢との約束があると聞かされていたので、ちょうどよかったと凛は考えていたのだが。

「そうだったのか、それは楽しそうでいいな。では、今日は各々友人たちと過ごすとしよう。皆によろしくな」

「はい。瓢さんにもよろしくお伝えください」

伊吹が瓢とどんなふうに話すのかは気になったが、伊吹は凛の過去の話をメインにしたいようだったので、その場にいない方がいいだろう。

――想像すると、ちょっと恥ずかしいもんね。

伊吹の言う通り、鞍馬、紅葉、糸乃という、気の置けない仲間たちとの夕食を楽しもうと心に決めた。


約束のレストランは、ビュッフェ形式だった。

「す、すごいね……！」

ビュッフェ台に並ぶ数々の高級料理を前に、凛は感嘆の声を漏らした。

和食、イタリアン、フレンチ、中華などをはじめとした世界各国の料理が隙間なく陳列されている。

しかも和食ならばイクラやうにがたっぷりとのった握り寿司に、黒毛和牛のすき焼き、フレンチならば脂ののったフォアグラや光り輝くトリュフ、中華ならつやつやのフカヒレやツバメの巣のスープといった、高価な食材に疎い凛ですら知っている料理ばかりだ。

「凛ちゃん、本当だね！　よっしゃ、早速食べるぞー！」

メンバーの中で、おそらくもっとも量を食べられる鞍馬は、意気揚々とビュッフェ台へと向かった。

「これはちゃんと配分を考えないと、スイーツが入らなくなるわね……」

「紅葉さん、最初にスイーツにいくってのもありじゃない？」

「なるほど、確かにそれもひとつの手ねぇ。でもそうすると、肝心のご飯を食べなくても満足しちゃいそうだわ」

紅葉と糸乃は、女子同士らしい会話を繰り広げている。

――こ、こんなおいしそうな料理が全部食べ放題？

圧倒されるばかりの凛は、なにから手を付けたらいいのか皆目見当もつかない。

「凛はなに食べるの？」

「紅葉さん。……わ、私こういうところ初めてで、正直どうしたらいいのかわからなくって。紅葉さんと糸乃ちゃんについていってもいいですか？」

紅葉に尋ねられた凛は、恐る恐るお願いする。ビュッフェ初心者の凛は、場慣れしていそうなふたりに倣いたかった。

「あら、そうなの？　まったく、鬼の若殿の花嫁なんだから、これしきのビュッフェくらいでビビっちゃダメじゃないの。ま、いいわよ」

「うんうん。凛、一緒に取りに行こ！」

「ふたりとも、ありがとうございます」

快くビュッフェの作法を教えてくれるらしい。頼もしいふたりである。

まずは前菜のコーナーから。

カルパッチョやスモークサーモンは確実においしいだとか、スープは胃が膨らむから避けた方がいいとか、的確なアドバイスをくれる。

並んでいる順番に取っていけばいいかな、などとなんとなく考えていた凛には、感心させられる言葉ばかりだった。

メイン料理や締めの炭水化物を取る際も、ふたりはああだこうだと助言してくれた。おかげで、無理せずに美味な料理を凛は豊富に味わえた。

味はとにかくすべてが格別だった。

しかし、なによりも。

「凛、これおいしかったわよ。あんたも食べたら？」

「凛！　このサーロインステーキなんだけど、ちょっと大きくてさ。あたしと半分こしない？」

「凛ちゃんが食べてるグラタンうまそー！　俺も取ってこよっと！」

こんなふうに皆でわいわい騒ぎながらいろいろなものを食べるのは、なんとも朗らかで楽しいひとときだった。

そして食事が一段落し、凛の胃袋が九分目ほどになった時。

「さ、そろそろ行くわよ凛」

すっくと紅葉が立ち上がったかと思うと、糸乃がそれに続く。

「え……？　どこへですか？」

「もちろんスイーツに決まってるじゃないの」

「これがなによりも楽しみなんだよねぇ。凛、まだ食べられるでしょ？」

にんまりと微笑みながらふたりは言う。

――そっか、デザートがまだだった。

「うん、まだ少しなら」

凛もふたりに倣って腰を上げるが、なにやら疲れた顔をしている鞍馬はテーブルに突っ伏している。

「すげー、みんなまだ食べられんの？　俺もうギブだよ……」

確かに鞍馬は誰よりもたくさんがっつりとした料理を食べていた。もう胃袋がパンパンなようだ。

「他は入らないけど、甘いものなら食べられるわよ」

「そーそー、女子はみんな別腹の持ち主だからね。あたし、ケーキは全種類制覇するつもりだよ」

──私も別腹の持ち主だったんだ。

「うん。私もデザートならまだいけるよ」

楽しい気分になってくる凛。女子同士でデザートに対する共通の認識を持っていることで、紅葉や糸乃と本当に親密になれたような気がした。

「うへー、凛ちゃんもかあ。俺は休んでるから、みんなで行ってらっしゃーい」

呆れる鞍馬を置いて、三人はスイーツコーナーへと急ぎ足で向かう。

「かわいい……。なんだか宝石みたいだね」

ビュッフェ用に小さくカットされたケーキやジュレ、フルーツがどれも煌びやかに輝いているのを見て、凛は感嘆の声を上げる。

「あたしは正直、宝石より好きだわ～」

持っている皿の上に手当たり次第にケーキをのせていく糸乃。宣言通り、全種類食べるつもりのようだ。

「えー、私はどっちも捨てがたいわね。……あら、凛は取らないの？」

デザートを取らずにいた凛に、紅葉が尋ねる。

「いえ、あれはなんなのかなと思いまして」

スイーツコーナーの傍らに、小さな噴水のような装置が置いてある。しかし噴き出しているのは水ではなく、こげ茶色のどろりとした液体だった。

初めて見る謎の機器に、凛の目は釘付けだった。

「もう、凛ってば本当にこういうところが初めてなのね。あれはチョコレートファウンテンって言うの」

「えっ、チョコレートなのですか⁉」

まさかあれもデザートの一種だとは考えてもいなかった凛は吃驚した。

「そうだよ。マシュマロとか、苺とか隣に置いてあんじゃん？　これを串に刺して、チョコをかけて食べんだよ」

説明しながら、串に刺したマシュマロをチョコレートの噴水の中へと突っ込む糸乃。するとマシュマロが見る見るうちに茶色く染まり、チョコレートでコーティングされていった。

絶えず流動しているチョコレートの中にお菓子や果物を入れて、甘くとろけるスイーツを自ら作り出すことができるなんて。

「すごい……こんなのがあるんだ……！」

チョコレートファウンテンの存在は凛にとって斬新極まりなく、感動すら覚えた。

「凛もやってみたら？」

チョコがけマシュマロを作り終えた糸乃が、凛を促す。傍らでは、紅葉もチョコバナナを作っていた。

「うん……！」

うずうずしていた凛が苺を串に刺し、チョコレートの滝に入れると、流れがふた又に割れる。それを見ているだけでもおもしろかった。

いくつかの具材を試した後、席に戻り、糸乃や紅葉とほぼ同時にチョコがけのスイーツを凛は食べた。

「おいしい……！」

苺の酸味とチョコレートの甘味が程よく混ざり合い、思わず瞳を閉じながらその味を堪能する。

苺もチョコレートもありふれているシンプルな食材だというのに、組み合わせただけでここまで至高の味になるとは。

「ほんと！　いいチョコ使ってるわねー、ここ」

「あたしも凛がやってた苺を試してみようかな」

「え、なんか俺もちょっと食べたくなってきたなあ」

胃袋がもう限界だと主張していたはずの鞍馬だったが、女子三人が皆満足げにしているので触発されたのだろう。椅子から腰を上げる。

「あ、凛ちゃん。ほっぺにチョコついてるよ」

立ち上がる際に気づいたのか、鞍馬が凛の頬を指さしながら指摘する。

「えっ、ほんと？」

全然気がついておらず焦った凛は、ハッとして頬を指で触ってしまった。すると指にべったりとチョコレートがついてしまう。

「ふふっ。凛、なにその顔」

「チョコだらけじゃ～ん。マジウケるわ」

「ドジっ子凛ちゃん萌えっ」

みんなにクスクス笑われながらからかわれた。

「あ……う、うん」

ナプキンで顔を拭きながら恥ずかしくなってしまう凛だったが、皆の口ぶりに親しみを感じ、なぜか愉快な気分にもなってしまう。

――仲がいい人たちとみんなでご飯を食べるのって、こんなにも楽しい時間だったんだ……。

人間界にいた頃は、こんなふうに談笑しながら食事を共にしたことはなく、与えられた残り物をできるだけ摂取して、空腹を紛らわすだけの作業でしかなかった。

気のいいあやかしの仲間たちは、心躍る体験を次々に共有させてくれる。

――本当に、あやかし界に来れてよかった。

皆と微笑み合いながらデザートを食べる凛は、心からそう感じたのだった。

スイーツタイムの終了後、さすがに女子たちの胃も限界を迎えたので、現在は食後のコーヒーや紅茶を一同は味わっていた。

そんな中、糸乃が「ちょっとメイク直しにお手洗いに行ってくんね」と言ったので、凛も同行することにした。

丁寧に拭き取ったつもりだったが、先ほど顔に付着したチョコレートが綺麗に取れているかを確認したかったのだ。

手洗い場の大きな鏡に顔を映し、目を凝らして確認する。わずかにチョコレートが残っていたので、水を少しつけてハンカチで拭った。

――やっぱり見に来てよかった。

部屋に戻って伊吹に指摘されたら、恥をかくところだった。彼ならばおもしろいと笑ってくれそうではあるが。

「やだ、おでこテカっちゃってるじゃん。凛、あたし化粧直しに時間かかりそうだから先に戻っててよ」

糸乃が渋い顔をして、ポーチの中からさまざまなメイク用品を取り出していく。

――糸乃ちゃん、いつも綺麗にお化粧してるよね。

メイクの知識がまったくない凛は、伊吹の屋敷に用意されていたリップクリームと基礎化粧品をなんとなく使っているだけだった。

――紅葉さんも上手だし、今度ふたりに教えてってお願いしようかな。

「うん、わかった」

糸乃にそう告げて手洗いから出る。そして、紅葉と鞍馬の待っているテーブルへと戻ろうとしたが。

「うん、そういう経緯なんだ。凛は俺の屋敷に来て、まだ間もないんだよ」

「へー、そうやったんか」

聞き覚えのある男性ふたりの声が聞こえてきた。

声のした方に目を向けると、やはりふたり掛けの席に伊吹と瓢が座っていた。

――伊吹さん、ころちゃんと夕飯を食べるって言っていたけれど。私たちと同じ店だったんだ。

この店ではビュッフェ以外にコース料理も注文可能となっている。

ビュッフェ台を何度も行き来したが、ふたりの姿は一度も見かけなかったので、きっとコース料理を味わったのだろう。

また、ふたりがいたのは半個室のような席で、腰を掛けるとちょうど頭よりも高い場所まで仕切りが建てられていてあまり周りは見えなさそうだ。凛の存在にも気づいていないだろう。

会話の中に自分の名前が聞こえてきたため、ふたりは自分について話題にしているらしいと凛は察する。

立ち聞きはよくないと思いつつも、どうしても気になってしまい歩調が自然と緩やかになった。

「凛ちゃん、御朱印を集めてんねんて？」

「ああ、そうなんだ。だけど糸乃に昨日もらったものを合わせても、まだやっと三つなんだよ」

「せやったら、俺のを押したろか？」

必死になって収集している御朱印がいただけるかもしれないチャンスに、凛は反射的に足を止める。

――ご、御朱印を押してくれるって⁉　それにころちゃん、称号持ちのあやかしだったんだ。

人間の子供にいじめられてべそをかいていた少年の成長ぶりを目の当たりにして、凛は感慨深い気持ちになった。

しかし、瓢はおどけたような声でこう言葉を続けた。

「……と、俺個人としては言いたいとこなんやけどなあ」

「ふっ、やはり簡単には押せないのだろう？」

伊吹が鼻で笑う。

どうやら御朱印の話にそわそわしてしまったのは凛だけらしい。あやかしの男ふたりにとっては冗談の一環だったようだ。

「蛟の一族の掟でなあ。他種族に押印する場合、水龍に気に入られた奴にしか押しちゃあかん決まりになっとんねん」

似たようなことを糸乃も言っていたのを凛は思い出す。絡新婦の掟の中に、滅多なことでは押すものではないと定められていると。

しかし糸乃は『凛とはもう深い仲になったから』と、騒動が落ち着いた後に結局押印してくれた。

そう考えると、絡新婦の掟は明確な基準があるわけではなく、御朱印を押印するかどうかは個人の裁量に任せているようだ。

だが蛟の掟は『水龍が気に入った者にしか押してはならない』という、はっきりとした規定になっているらしい。

「そんな話だろうと思っていたさ。……それで、水龍に気に入られるにはどうしたらいい？」

後半、伊吹の声の真剣みが増した。せっかく眼前に称号持ちの親しいあやかしがいるのだから、彼もできるならば御朱印を賜りたいのだろう。

「普段は祠のご神体の中で寝てる水龍が目覚めた時に対面さして、そこで気に入られたらええんや。そやけど気に入られるのに明確な基準はあらへんのや。水龍の気まぐれやさかいな。つーかそもそも、対面はおすすめしいひんな」

「なぜだ？」

「気に入らへん輩の場合、最悪、水龍は食い殺すさかいな」

物騒なことをあっけらかんと瓢は言う。

途中まで『ころちゃんから御朱印をもらえるのかも』と耳をそばだてて話を聞いていた凛は、身がすくむ思いだった。

「食い殺す……。こんな平和な温泉を加護している水龍が、そんなに獰猛(どうもう)なことをするのか？」

「忘れたんか？　もともと洪水や雪崩をしょっちゅう引き起こす暴れん坊やで、うちの主は。それを偉大な茨木童子が鎮めてくれたさかい、今はおとなしゅうしてるだけやで」

「そうか、そうだったな」

あまりにものんびりとした温泉郷だったため、伊吹もつい本来の水龍の性格については失念していたようだ。

水龍に気に入られるのかどうかは、まったく予想できないけれど。食い殺される可能性があるのならば、伊吹は凛と水龍を対面させようと考えるはずがない。非常に残念だが、瓢から御朱印を押印してもらうのは諦めた方がよさそうだ。

そんなふうに凛が考えていると。

「っていうかなあ、伊吹」

瓢の声がワントーン低くなった。

結局盗み聞きをしてしまったとそろそろ立ち去ろうしていた凛だったが、瓢の様子が気になってやはり歩き出せない。

「なんだ？」

「今までは運よう三つも集まっとったみたいやけど。普通、御朱印くださいなんて言うたら、無茶を要求する奴の方が多いやろ？　蛟みたいに、押印には命の危険が伴う場合かて珍しゅうはあらへん」

「それは重々承知だ」

伊吹の声が少し重い。

もちろん凛だって、それを理解した上で御朱印集めに奔走している。だが確かに、今までは幸運にも生命の危機に瀕(ひん)することはなかった。

改めて他人にそう指摘されると、凛にも重苦しい感情が湧いてきた。

「お凛ちゃんは、お前と違うて弱い存在やろ。御朱印集めなんて危険極まりあらへんで。そんなんを、これからもあの子にさせるつもりなんか？」

なぜ瓢は少し責めるような口調で伊吹に問うのだろう。凛にはまったくわからなかった。

そしてしばらく間を置いてから、伊吹はこう答えた。

「……そうは言うがな。あやかし界で凛を幸せにするためには、それしか方法がない。茨木童子の道筋をなぞらえるしか」

そう。人間である凛がこの国で堂々と生きていくためには、同じく人間でありながら偉大な存在へと成り上がった茨木童子の真似をするしかない。

茨木童子の夫であり、伊吹の祖父でもある酒呑童子に仕えていた星熊童子にもそう助言されている。

伊吹と凛も危険は承知の上で、その道を目指すことを決意しているのだ。

「それしか方法がない？　そうやろか」

瓢が眉間に皺を寄せる。

彼の口調は、他に方法があるだろうと暗にほのめかしているような印象を凛は受ける。そしてやはり、なぜか伊吹を咎めるような気配を感じたのだった。

「なにが言いたい？」

「……別に」

奥歯に物が挟まったような口調になる瓢。

明らかにふたりの間に不穏な気配が流れている。自分が聞き耳を立て始めた時は、仲睦まじく会話していたのに。

──ころちゃん、いったいなにが言いたいの？

心に引っかかり、いまだに席に戻れずにいる凛だったが。

「あれ、凛まだこんなとこにいたの？　どうしたの？」

「い、糸乃ちゃん」

メイク直しを終えたらしい糸乃が背後から声をかけてきた。

「な、なんでもないよ」

立ち聞きしてしまったことを伊吹たちに悟られたくない凛は、小声で答える。

「そうなの？　じゃ、戻ろうよ」

「うん……」

ふたりの話の行く末が気になったが、とどまっていては糸乃に不審がられてしまうし、伊吹たちにもそのうち気づかれてしまうだろう。

気がかりを残しつつも、凛は紅葉と鞍馬がいるテーブル席へと戻った。

「ふたりとも遅かったじゃないの。お茶飲んだらもう出るわよ」

「凛ちゃん、ロイヤルミルクティーがおいしかったよ〜。締めにどう？」

「う、うん。飲んでみるよ、鞍馬くん」

その後、鞍馬に勧められたロイヤルミルクティーをすする凛。まろやかで濃厚なミルクの味が、膨れた胃に優しい甘さを与えてくれる。

だが、心中は穏やかではない。

――御朱印集めを頑張りたいっていう思いは、今だって変わらずにある。……だけどころちゃんの言う通り、私みたいな力のない人間に、本当にこれからもそんなことが続けられるのかな。

ミルクティーの甘味を贅沢に味わいながらも、胸中の不安は少しも解消されなかった。

瓢と意味深な会話をしていた伊吹だったが、それについて彼は凛に言及しなかった。そのため、最終的にどういう結論に落ち着いたのか、盗み聞きのような形で耳にしてしまった凛が尋ねるのははばかられた。

伊吹があえて話題に出さないのだから、きっとふたりが向かう方向性は変わっていないのだろう。

凛はそう考えることにした。

そう、自分たちは御朱印集めを続ける道をこのまま進むのだ。

しかし、『御朱印集めなんて危険極まりあらへんで』『そんなんを、これからもあの子にさせるつもりなんか？』といった瓢の言葉が、ふとした瞬間に何度も蘇る。

そして、もっとも凛の心に引っかかっていたのは、『それしか方法がない？　そうやろか』と渋い顔をした瓢が放ったものだった。

——やっぱり他に方法があるって、ころちゃんは言いたかったのかな。

伊吹はそれについてなにも話題に出してこないのだし、気にしても仕方がないと、たびたび凛は踏ん切りをつけようとした。だが事が事だけに、しばらくするとまた同じように黙考してしまう。

そんなふうにすっきりしない心情のまま、数日が過ぎた。

すっかり雪解けが進み、ウインタースポーツを楽しむ宿泊客はほぼいなくなった。

凛のアルバイトの期間も、残りわずかだ。

「あんたたちさあ、本当に夫婦なのよね？」

昼下がり、凛の仕事の休憩時間。

以前にも訪れた雪の見えるカフェに伊吹と共に足を運んだら、ちょうど紅葉と鞍馬、糸乃の三人がケーキを味わっていた。せっかくだからと五人でお茶を楽しむ運びとなった。

　すると、凛が注文したココアが届いたのと時を同じくして、紅葉がそう尋ねてきたのだ。

「え……。紅葉さん、どういう意味ですか？」

「紅葉も知っての通り、俺と凛は夫婦だが……」

　意味がわからず、怪訝な顔をする凛と伊吹。紅葉は半眼になり、胡散くさそうな面持ちになる。

「いや、だってねえ。なんかふたりのほほんとしてて、初々しいっていうか色気がないっていうか。ねえ、ちゃんとやることはやってんの!?」

「うっ!?」

　口につけたココアが気管に入り、変な声を上げてしまう凛。そのままゴホゴホとせき込んだ。

「凛、大丈夫か!?　も、紅葉！　いきなりなにをっ……！」

　凛の背中をさすりながら、紅葉に非難めいた視線を向ける伊吹。

「だ、大丈夫です」と答えた凛が見た彼の頬は、少しだけ赤い。いきなり夫婦生活について紅葉に突っ込まれたので、さすがの伊吹もうろたえているのだろう。

「ははーん。その様子だと、まだそういう行為はいたしてないのね……」

紅葉の言葉に、うんうんと糸乃も頷く。

「あたしもなんかわかるよ。伊吹と凛ってほんわかカップルって感じだよね。いちゃついててもなんか微笑ましいっていうか？」

「えー、でもふたりは今御朱印集めてんじゃん。それが終わるまでは、プラトニックラブを貫いてんでしょ。ま、伊吹はよく耐えられんなーって俺は思うけどね。もし俺が伊吹の立場だったら……あ、無理。一日でも耐えられる自信がない！」

そう言って鞍馬は頭髪をかきむしる。

――そ、そういうふうに見られてるんだ。伊吹さんが我慢しているのだとしたら、私のせいだな……。

伊吹に宣言したわけではないが、鞍馬の言う通り彼と夫婦らしい触れ合いをするのは御朱印集めが進み、自分が鬼の若殿の花嫁として申し分ない存在へと成長できた時だと凛は考えている。

伊吹もそれは察してくれているようで、新婚初夜を除いて一夜を共にしようと凛に望む素振りはみせなかった。

しかしもし伊吹が無理に欲求を抑えて凛に付き合ってくれているのだとしたら、申し訳ないこと極まりない。

「えー、別に御朱印集めとは別に考えてもいいじゃんか。ふたりの子供が早く見たいなー、あたしは」

　期待に満ちあふれた瞳を凛と伊吹に向ける糸乃。いたたまれない気持ちになった凛は、返す言葉が見つからない。

　すると伊吹がごほんと咳ばらいをしてから、口を開いた。

「みんなが俺たちの今後を気にしてくれているのは、とてもありがたいのだが」

　改まった口調だった。

　皆、自然と神妙な面持ちになって伊吹に注目する。

「俺たちには俺たちのペースがあってな。ふたりの未来については、ふたりで一緒に考えた上で歩むと心に決めている。だから申し訳ないが、あまり焦らせないでくれ。別にいいだろう？　俺と凛は心から愛し合っているのだから」

　そう話す途中から、いつの間にか伊吹は凛に視線を向けていた。

　目が合っている状態で『心から愛し合っているのだから』という愛の言葉を不意にぶつけられた凛は、驚いて固まってしまう。

　しばしの沈黙が場を支配した。一同、目をぱちくりさせている。

「……す、すげーな、よくそんなことみんなの前ではっきりと言えるよな」

　ぼそりと放たれた、鞍馬の呆れたようなひと言。

　それがきっかけで皆我に返る。

「あ、わわわわ、私。私も、えっと伊吹さんをあ、愛して――」

「凛！　無理に公衆の面前でそんなこと言わなくていいのよっ」

顔を真っ赤にしながらも、自分の想いもちゃんと伝えなければと気張る凛だったが、紅葉が慮ってくれたようで言葉を遮る。

しかし凛の顔の熱はまったく収まらず、林檎のように赤く染まったままだ。

「言ってはダメなのか？　だって、お前らが俺たちについてあれやこれやと突っ込んでくるから俺は心配させまいと」

「いや、別にダメじゃないけどさあ」

首を傾げる伊吹に、呆れた顔を糸乃が向ける。

「ま、なんにせよ思った以上にお熱いふたりだったっていうのはわかったわねえ。なんか安心したわ」

紅葉がそう言うと、「それもそうだね」と頷く糸乃。

みんな、ふたりをなんだかんだ心配してくれていたのだから、まったく悪い気はしない。凛はいまだに頬を赤らめながらも、伊吹の先ほどの愛の言葉を思い返し、余韻に浸っていた。

――伊吹さんは、やっぱり優しい。

伊吹は、あやかしのふりをして生きれば危険にさらされる心配はないと最初に言っていた。そうすれば危険な目に遭って御朱印を集める必要もないと。

しかし凛は、もし自分が人間であると周囲に発覚してしまった時のことをひどく恐れた。

椿はすでに、凛の正体をほとんど見破っている節があるし瓢にも見抜かれてしまっている。

必死に隠していても、いずれ周囲には知られるだろう。

それに、鬼の若殿が力のない人間を嫁にしたら、あやかし界での信用は地に落ちてしまうという話がある。

そうならないために、あらかじめあやかしからの信頼を得ていると証明すべく、御朱印を集めようと決意したのだ。

――御朱印集めのために夫婦らしい行いを後回しにしているのは、人間である私が伊吹さんと肩を並べられる伴侶になりたいと考えたせいだよね。

凛が人間だとバレても気にしないと言っていた伊吹が、本来それに付き合う義理はないのだ。しかし彼は常に凛の親身になって、凛のしたいようにしていいと優しく微笑む。

――私の気持ちを汲んでくれる伊吹さんのためにも、私は頑張らないといけない。

根底にそんな決意はあるものの、瓢の発言がどうしても凛の頭からは離れてくれないのだった。

「遅くなっちゃった」

凛は龍水荘近くの商店街で呟いた。

皆で午後のティータイムを楽しんだあくる日の午後、休憩時間の間際に、商店街のある店に届け物をするよう仲居から言付かったのだ。

『休憩前にごめんね！　お届け物をしたら、そのまま休憩にしちゃっていいから』

了承した凛は無事に品物を届け、龍水荘へと戻るところだった。

しかしこの辺の地理に疎い凛は指定の店までの道で迷ってしまい、すでに休憩時間はかなり過ぎてしまっている。

――あの子が待っているのに。

今回の休憩では、あの謎の少年と目いっぱい遊ぶと約束をしていた。きっと今頃、ひとり寂しく凛が来るのをまだかまだかと待っているに違いない。

少しでも早く旅館へ戻ろうと、早足で道を進む凛であったが。

――あ、ここを突っ切れば近道になるかも。

龍水荘の裏へと続く林が眼前に広がっていた。道なりに進むより、かなりのショートカットが可能だろう。

雪解けが進んでいるため、足元の積雪は数センチくらいだった。数分ほど林の中を進めば龍水荘に着くはずなので、靴の中まで濡れるほどではないはずだ。

ざくざくと半分みぞれ状態になっている雪を踏みしめながらも、凛が小走りで旅館へと向かうと。

「そっち行ったぞ！」

「へっ、無駄な抵抗しやがってよぉ！」

男たちのそんな声が響いてきた。どこか興奮しているかのような声音だ。

直後、耳をつんざくような爆発音が何度もこだました。あまりの音の大きさに、反射的に凛は耳をふさぐ。

――あれはもしかして……銃声？

思わず音のした方に目を向ける凛。

すると、数メートル先に彼らはいた。

「いやー、百発百中っすね。さっすが旦那！」

「逃げる時のこいつの必死な顔、見ました？　先に親を殺したからか、すっげー絶望的な顔してて笑えましたね！」

「はは、そうだな」

楽しそうに物騒な会話をしている三人の男たち。ひとりは凛もよく知った人物だった。

——椿さん!?　あとのふたりは、彼の取り巻きかな……。

三人とも、大きな猟銃を抱えている。どうやら狩りに興じていたらしい。

『手下どもと一緒に遊びで野生動物の狩りなんて始めやがるし……。本当に迷惑なんやんなあ』

瓢が以前にそう言っていたのを、凛は思い出す。

しかし商店街や旅館に近いこの辺は、狩猟禁止区域のはず。

こんなところで狩りの現場に、しかもあまり会いたくない人物に出くわすとは思っていなかった凛は、忍び足で立ち去ろうとしたが。

「……お前たちはもう行け。俺は大事な用事ができた」

椿がよく通る声で取り巻きたちに指図した。

その発言に凛は驚きすくみ上がる。どうやら、すでに気取られていたらしい。

椿ほどの能力のあるあやかしならば、凛の気配を察知するなどわけのないことだったのだ。

「あは。やっぱり君だった」

立ちすくむ凛の前へ椿が颯爽と現れる。彼は片手で血だらけの子ウサギの耳を無造作に掴んでいた。

よく見ると、椿の後方には何匹かの野ウサギが血まみれで転がっている。一匹、大きな個体もあった。

先ほど椿の取り巻きが『先に親を殺した』と発言していた。『絶望的な顔をしていて笑える』とも。

野山で穏やかに暮らしていたはずのウサギの親子たちの小さな幸せ。それが椿たちの戯れによって、あっけなく蹂躙（じゅうりん）されてしまったのだ。

ウサギに対する憐（あわれ）みやら、椿に対する嫌悪感やらで凛の心がかき乱される。なにも言葉が出てこなかった。

「どうしたんだい？　真っ青な顔しちゃってさあ」

「……この辺は狩猟禁止区域のはずですが」

尋ねてきた椿に、凛はやっとのことでそれだけ答える。

「え、本当？　夢中になっているうちにはみ出しちゃってたみたいだ。ごめんごめん、気をつけるよ」

待ち合わせに数分遅刻した時のような軽い口調で椿は答える。彼が掴んでいるウサギからボタボタと血がしたたり落ち、残雪を赤く染めていく。

あまりにむごい光景に、凛は耐え切れず目を逸らした。

「かわいそうだと思う？」

どこかおかしそうに椿は問う。

凛がなにも答えられないでいると、こう続けた。

「でもさあ。百年以上前までは、人間相手に俺たちあやかしは同じような行為をしていたんだよねえ」

「え……」

掠れた声を漏らす凛。

百年前といえば、伊吹の祖父である酒呑童子があやかしと人間との間に『異種共存宣言』を締結した時代。

それ以前まで、人間の血肉を自由に食らっていたあやかしたちだったが、そんな行為はいっさい禁止となり、あやかしと人間は対等な関係であるとされた。

「記録にも残っているよ。逃げる人間をおもしろがって追いかけて指を一本一本切り落としたり、何人殺したか競って楽しんだりしてたってさ」

凛の胃の奥から熱いものが込み上げてくる。

ひどい吐き気に、その場にしゃがみ込みたい衝動に駆られたが、やっとのことでこらえた。

「そんな欲求があやかしには本来備わっていると思うんだよね。でも人間相手にできなくなっちゃったから動物相手にやってみたんだけど、こんなに楽しいなんてねえ。

先祖様はうらやましいなあ。ねえ、理不尽じゃないかな？　それまで当たり前にできていたことができなくなっちゃってるなんて」

口を開いたら、おそらく嘔吐してしまうだろう。椿にとって凛は命を弄ぶ対象なのだ。

するとと椿は凛へとじりじりと近寄ってきた。逃げ出したいのに、恐怖で棒のように固まった足はまったく動いてくれない。

「……君が逃げ惑う姿を見てみたいなあ。きっとそそられるんだろうなあ」

凛の耳元でねちっこく吐息を吹きかけながら、椿はそう囁く。

今このまま、自分はこの男に狩られてしまうのではないだろうか。

椿に対し、かつてない恐怖を抱いてしまう凛。

だがこの男にそんな怯懦な自分を見せてはならない。見せた瞬間、付け込まれてしまう気がした。

「……私にも私の周りのあやかしたちにも、そんな残虐な欲望はありません」

声が震えてしまうのを必死で抑えながら、凛はできるだけはっきりとした声で言葉を紡いだ。瞳になるたけの力を込めて、椿のおぞましさに立ち向かうように。

「酒呑童子様もそうだったのでしょう。そして、酒呑童子様が締結した条約が百年経った今でも守られているのは、そんな欲望を持っていないあやかしたちが大半だからだと思います」

半ば自分に言い聞かせるよう、椿にそう述べているうちに、凛の中の恐怖が徐々に和らいでいく。

あやかしが人間の簒奪者(さんだつしゃ)だったのは、もう遠い過去の出来事。そう話す凛の顔を、椿はおもしろそうに見つめていた。

そして凛の言葉が終わった途端、よりいっそう笑みを深く刻んだ。いつもの毒気のない、一見穏やかだが感情の読めない不気味な笑みを。

「……ああ。やっぱり君はいいなあ。本当、食べちゃいたいくらいに」

――食べられる。

本能的な恐怖を感じた凛は、やっと動くようになった足で椿から飛びのいた。

すると、急に椿が微笑むのをやめて鋭い目つきをした。

「この気配は……！」

そう呟いて、椿は凛に背を向けて足早に去っていった。

なぜいきなり椿が立ち去ったのかはわからなかったが、底気味悪い男が眼前から消えてくれたことで凛の胸中を一気に深い安堵感が襲う。

「はあ……」

思わず声に出して息をつく。すると、背後からザクザクと雪を踏みつける音が聞こえてきた。

椿が戻ってきたのかと身構えながら振り返る。しかし現れたのは、予想外の人物だった。

「えっ？　あなた、どうしてここに……？」

そこにいたのは、旅館で凛に待ちぼうけを食らっているはずの謎の少年だった。

――私が約束の時間に来ないから、旅館の外を捜しに来たのかな。

「ご、ごめんね遅れちゃって。今から行くところだったんだけど……」

慌てて謝罪をするが、少年は反応しない。大きな目をさらに見開いて凛を通り過ぎる。そして、血まみれで息絶えているウサギのそばでしゃがんだ。

無表情で、ただウサギの亡骸を見つめる少年。悲哀を覚えているのか、憤りを感じているのか、凛には判断がつかなかった。

しかし彼が、理不尽すぎるウサギの惨殺になんらかの感情を抱いているのだけはわかる。

凛は少年になにも言葉をかけられなかった。

『ひどいね』だとか『かわいそうだね』とか、わかりきったことを言ってもどうしようもないだろう。

その後、凛が土を掘り出すと、自然と少年も手を貸してくれた。

ウサギの遺骸をふたりで埋葬し、形のよい枝で墓標を立てる。
凛が手を合わせて目を閉じると、少年もそれに倣った。
名もなきウサギの静かで小さな葬儀を、たったふたりで行ったのだった。

第五章　『流麗』の瓢

椿の狩りの現場に遭遇してから数日後。仕事の休憩時間に、いつものように謎の少年の元へと凛は足を運んだ。

椿にむごたらしく殺されたウサギを埋葬した際、少年は無表情で様子がおかしかったが、その後顔を合わせた時は前と変わらず無邪気な様子で凛と遊んでいる。

――動物が殺されていたのを見たんだもの。そりゃ、その時はショックを受けて当然だよね。

彼のところへは、休憩のたびになるべく行くようにしていた。伊吹たちと会う約束があった場合も、早めに切り上げて少しだけでも遊ぼうと心がけている。

共に過ごしている間は、少年らしく屈託のない微笑みを浮かべるが、凛の去り際に見つめてくる双眸にはやはり寂しさが満ちあふれていた。

凛以外は視界に入れることができない、切ない境遇の少年を放置しておくなど、凛には無理だった。

凛のいない間、彼は凛が以前に渡したパズルを楽しんだり、池の鯉を眺めたりなど、もっぱらひとり遊びに興じていたようだったが……。

「えっ……。これ、あなたが作ったの!?」

本日彼がひとりで楽しんでいたのは、解け残った雪でのかまくら製作だった。

訪れた時、すでに完成していたかまくらを見た凛は、その完成度の高さに驚愕した。

美しいドーム型で、入り口はアーチ状に綺麗にくり抜かれている。さらに中を覗くと想像以上に広く、数人は座れそうなくらいの空間があった。

こたつでも搬入してのんびりくつろぐことも可能なのではないか。そう思えてしまうほど、しっかりとした造りのかまくらだった。

それに、すでにそこまで雪が残っていない状況なはずなのに、よくかき集めてここまで見事なかまくらを作れたなと感心する。

ひょっとすると少年は、雪を生み出す能力でもあるあやかしなのだろうか。

「すごいね！　こんなの作れちゃうなんて」

凛が称賛すると、少年は照れたように頭をかいた。

「ねえ、中に入ってもいい？」

凛の言葉に、少年は頷く。

身をかがめて凛がかまくら内に足を踏み入れると、少年も後に続いて入ってきた。

「わあ……。中は少し暖かいんだね」

季節は雪解けが進んでいるとはいえ、標高の高いこの地にはまだ寒風が吹いている。

その風を遮っているためか、かまくら内の気温は少し高いようだった。

凛は腰を下ろす。中を覗いた時に思った通り、やはりなかなかの広さだ。

凛の隣に腰掛け得意げに微笑む少年の横顔を見て、凛は改めて考える。

──こんなものを、ひとりで製作してしまうなんて。本当にこの子は、何者なのだろう。

難易度の高いパズルをなんなく解いた上に、大人が数人で苦心して作り上げるようなかまくらを、ひとりで完成させてしまう少年。

知能も体力も並外れている。人間ではないとは察していたが、あやかしだったとしてもかなり優秀な方なのではないか。

しかし凛以外の誰からも視認されず、言葉を発することができない少年の正体は、依然不明なまま。

誰かに尋ねたかったが、人間である凛にしか見えない存在だった場合、凛の正体を見破られてしまう可能性があり、誰にも打ち明けられなかった。

だが凛はハッとひらめいた。

──あ、そうだ！　伊吹さんに聞いてみよう。

少年と出会った時、伊吹はこの旅館から離れていたため相談できなかった。しかし数日前から伊吹は滞在している。

──私ってば、なんでもっと早く気がつかなかったんだろう。

休憩時間が終わり凛が少年に別れを告げると、やはりその笑顔には寂しさがひと筋入り混じった。

――待っててね。あなたが仲間や家族と離れてここに迷い込んでしまったのなら、もう少しで帰してあげられるかも。

博識な伊吹ならば、きっと少年の正体がわかるだろう。そうすればきっと、彼はひとり寂しく凛を待つだけの日々から解放されるに違いない。

しかし、もう仕事の時間になってしまった。伊吹に尋ねられるのは、業務を終えてからになりそうだ。

凛が持ち場に戻ろうとしていると。

「あっ、お凛ちゃん。ちょっとこっち来てくれへん？」

瓢が駆け寄ってきて、そう声をかけてくる。

「はい」

なにか急ぎの仕事だろうか。雇い主の頼みに、素直に従う凛。

すると瓢は人気（ひとけ）の少ない旅館の廊下の隅に凛を連れていった。傍らの窓からは、雪が解けて地面が見え隠れしているゲレンデが望める。

「ころちゃん、こんなところに連れてきて、いったいどうしたの？」

「あー、いや。なんだか最近のお凛ちゃん、元気があらへんように見えて。なんかあったん？」

瓢の言葉に、凛は心当たりしかなかった。

先日の、伊吹と瓢の会話だ。

あれをきっかけに、それまではあまり考えずに過ごしていた事柄が妙に気になってしまっている。

非力な人間でしかない自分が、今後も危険の伴う御朱印集めを続けられるのかどうか。

「実はこの前私、旅館内のレストランでの伊吹さんところちゃんの会話を聞いてしまって……」

「え、そーだったん？」

あの時瓢が言っていた通り、今まで出会った称号持ちのあやかしは気のよい者たちばかりだから、たまたま運よく御朱印が集められているのだろう。

しかし今後は、こんな都合のいいことばかり続くはずはない。

力もなく、知力も人並みな自分が本当に無事に御朱印集めを終えられるのか、不安になっている。

もちろん、鬼の若殿の花嫁として恥ずかしくない存在になれるように頑張りたい気持ちは強く持っているのだが。

……と、凛は現在の自分の心情を事細かに話した。

話している途中で、自分が情けない矮小な存在であることを改めて実感し、俯いてしまう。

きっと、この不安な気持ちを誰かに聞いてほしかったのだ。

幼い頃、教室の隅で肩を並べてうずくまった瓢――ころちゃんになら、打ち明けてもいいのではないかと思えた。

瓢は、しばらくの間なにも言葉を返さなかった。

沈黙を不思議に感じた凛が顔を上げると、彼はその瞳に切なそうな光を内包させ、凛を見つめていた。その深い視線になにか特別な感情が含まれているような気がして、凛はドキリとしてしまう。

「なあ、お凛ちゃん」

やっと言葉を吐いた瓢。いつもに増して優しい声音に聞こえる。

雇い主や、幼馴染としての親しみやすさとはどこか違う。伊吹が凛に向ける声と似ていた。

「こ、ころちゃん？」

「そないに悩むんなら、鬼の若殿の花嫁なんてもうやめてまえ。俺と一緒に、人間界へ行かへんか？」

「えっ……!?」

まったく想像していなかった瓢の言葉に凛は狼狽する。

る。

つまり伊吹とは離縁して一緒になり、ふたりで人間界で暮らそうと瓢は提案してい

──ころちゃんと……？

なにもかも理解できない発言だったが、わからないことは主にふたつ。

人間界で暮らすあやかしはごく少数だ。皆わりと肩身の狭い思いをしているらしい。

それなのになぜ瓢が人間界で暮らすのをよしとするような物言いなのか。

そしてどうやら瓢は凛に求婚しているようだが、そもそも自分たちはそんな関係ではないし、凛にはそんなことをされる覚えもない。

「俺たち蛟はな。人間界では比較的受け入れられている方の種族なんや」

呆然とする凛の心情を察したのか、瓢は説明を始めた。

水龍に仕える蛟は、自らも水を司るあやかしである。降雨が少なく困っている地域を訪れて妖力で恵みの雨を降らせたり、洪水被害を防いだりする能力を持っている。

人間界でもその能力は重宝されており、蛟が人間界に移住するとなると大体は歓迎してくれるらしい。市区町村単位で蛟の移住を求めてくる場合も珍しくないのだとか。

「人間界で温泉宿を切り盛りしてる知り合いもおるんや。俺も、それも悪ないかな思てるんや」

「そうだったんだ……。私、知らなかった」

蛟がそこまで人間と友好な関係を築いているとは。ならば、瓢が人間界に移住をするのはなんの問題もないのだろう。凛を連れて人間に囲まれて暮らしたとしても。

「そうしたらお凛ちゃんは危険な御朱印集めをする必要もあらへんし、あやかしに食われる心配もあらへんやろ？　夜血の乙女として鬼の若殿に献上されてもうたさかい、今までは人間界に帰る場所はなかってんやろうけど、俺と一緒なら大丈夫やろ？」

優美な笑みを浮かべて、一語一語凛に言い聞かせるようにゆっくりと瓢は言葉を放つ。

――ころちゃんが伊吹さんに話していた時、御朱印集め以外にも私が幸せになる方法があるんじゃないかと暗に言っていたようだったけれど。

まさか伊吹と離れて瓢と人間界に戻り、生涯を生きるという道筋だったとは。

「……俺は伊吹に負けないくらい、お凛ちゃんを愛する自信があんで」

衝撃を受けている凛の顔を覗き込み、言葉に甘さを混ぜて瓢が言う。

「どうしてそこまで私を？」

愛を打ち明けられたにもかかわらず驚きの方が大きかったため、凛は素直に尋ねた。

確かに瓢とは旧知の仲ではあるが、一緒に過ごしたのは八歳の頃の一カ月足らずと、龍水荘に凛がアルバイトとして訪れた数週間のみ。

求婚するほど深い気持ちが芽生える出来事は、思い返しても見当たらない。

「お凛ちゃんは知らへんかもしれへんけどな。子供の頃、俺はお凛ちゃんに人生を変えられてるんやで」

「えっ？」

もちろん凛には、そんな覚えはいっさいなかった。目をぱちくりさせていると、瓢は目を細めて遠い昔話を語り始めた。

十二歳の頃、両親と共に一時的に人間界へとやってきた瓢。

種族にもよるが、基本的にあやかしは人間よりも寿命が長く成長も緩やかなため、瓢が所属したのは自分よりも年少の人間の子供たちがいる学年だった。

あやかしの子供が人間の小学校に転入する場合、人間の子供との外見的・精神的な成長と整合性を保つためにそのような対応が行われることが多かった。

子供の頃に、人間に交じって一定期間生活することは蛟にとっては通過儀礼だった。

水を操れる蛟は、人間と友好的な関係を築けている稀有なあやかしだ。幼いながらもそれを承知していた瓢は、人間界での暮らしを楽しみにしていた。

人間の子供たちにはどんな子がいるのだろう。どんな友達ができるのだろう。今まで知らなかった遊びをたくさんできればいいな……と。

しかし転入した小学校で、瓢の子供らしいまっすぐな希望はあっさりと打ち砕かれたのだった。

人間の子供たちは、蛟という種がいかに人間にとってありがたい存在なのかをよく知らなかった。

転入生が自分たちと同じ人間なのか、そうではないのか。仲良くする基準は、それ以外に存在しなかったのだ。

きっと、人間の遺伝子に刻み込まれているあやかしへの恐怖が、本能的に子供たちをそうさせてしまったのだろうと瓢も今となっては思う。

しかし、瓢もその当時は物を知らない子供だった。

あやかしというだけでひと言も口を利いてもらえず、落書きされて破かれた教科書や、ゴミ箱に入れられた体操着を見る日々。

——人間なんて。やっぱし下等生物ちゃうか。こないなつまらんことしかしいひんのやさかい。

それまで、人間に対する差別意識はまったく持っていなかった。瓢の一族は蛟の中でも特に人間と関わりを持っている方だったため、幼い頃からあやかしと人間は対等だと、両親からも教育されていた。

しかし実際の人間は、聞いていた話と全然違う。妖力もないくせに陰湿で、低能で、醜い生物ではないか。

そんなふうに瓢は、人間界を訪れて三日足らずで人間に憎悪を抱き始めていた。近所の人間たちと有効な関係を築いている両親には打ち明けられず、日に日に憎しみは膨れ上がる。

そんな時だった。

『あ、あの……。こ、これで一緒に破れた教科書、直そう？』

セロハンテープを持って瓢にそんな声をかけてきたのは、クラスメイトである人間の少女──凛だった。

凛は生まれながらに人間としては珍しい赤い瞳を持つことで、瓢と同じように、いや瓢以上に周囲に虐げられていた。

そんな凛の存在を、瓢は転入初日から認識していた。

──同種族間でも、こないな陰険な意地悪するんやな。やっぱし人間って奴は、最低や。

瓢にとって凛は、そんなふうに人間をますます憎むべき対象へと思い込むための理由のひとつでしかなく、彼女に対して同情も憐みも抱いていなかった。

そんな凛が、優しく声をかけてくれている。自分のことで手いっぱいなはずなのに、人間の子供にとって異質な存在でしかない、あやかしの自分に。

最初はくすぐったくて、無視してやった。しかし凛は勝手に教科書を直し、ごみ箱に捨てられた上履きを洗い、毎朝『おはよう、ころちゃん』と挨拶をしてくる。

憎悪に支配され凝り固まっていた瓢の心が、どんどん溶かされていった。いつの間にか凛に心を開き、『お凛ちゃん』と呼び、毎日教室で一緒に過ごした。

そしてひと月が経ち、瓢があやかし界へ戻る時には悲しくて涙をこらえたほどだった。凛は大粒の涙を流していたのを、今でも覚えている。

「──ってなわけでな。人間全部を嫌いになりそうだったんやけど、お凛ちゃんがそれを阻止してくれたんやで」

長々と昔話を語った瓢は少しはにかんだように笑う。

「そうだったんだ……」

ところどころの記憶は凛も持っていたが、瓢ほど詳細までは覚えていなかった。

──ころちゃんに無視されたのに勝手に付きまとっていたんだ、私……。

昔の自分が想像以上に頑なで驚いた。

しかし伊吹にも『奥ゆかしそうに見えて、意外と頑固だよなあ』と過去に指摘された覚えがある。

自分の本質は幼い頃から変わっていないのかもしれないとつくづく思った。

「お凛ちゃんに優しゅうされてわかったんや。あやかしも人間も一緒なんやなって。ええ奴もおったら、悪い奴もおる。あやかしだから、人間だからってだけで判断したらあかん。お凛ちゃんは俺に、それを教えてくれたんやで」

白藍色の美麗な双眸に深い光をたたえて瓢が凛を見つめてくる。

凛にとって疑問だったふたつのことはすべて解消された。

凛も瓢も、人間界へ行っても居場所がある。そして、瓢が凛に求婚するにあたって確固たる想いが存在するのだ。

「ころちゃん。私は――」

凛が自分の思いを告げようとした、その瞬間だった。

ズズズズという地鳴りのような轟音（ごうおん）が辺り一帯にこだました。同時に、下から突き上げるような揺れが襲ってきた。

「じ、地震……？」

体感でいうと、震度六以上の縦揺れだった。立っていられないほどの烈震に、凛はその場に座り込んでしまう。

「お凛ちゃん、建物の中は危なそうや。とりあえず外に出るで！」

「う、うん！」

瓢に手を引かれ、ちょうど近くにあった掃き出し窓から外に出る凛。

すると、雪解けが進んで地面の土が半分見えている山の上に、衝撃の光景が広がっていた。

「あれ、は……？」

凛はかすれた声を漏らした。

空一面にたなびく尾流雲（びりゅううん）のように広がる銀色のそれは、あまりに美しく、荘厳で。

しかし宝玉のような瞳は底知れない憤怒に満たされており、ひと目で深い畏怖の念を抱かされる。

「まさか!?　水龍が具現化しとる……！」

空を見上げた瓢が、動揺を隠しきれない様子で声を上げる。

――水龍!?　とても暴れん坊だったのを、百年前に茨木童子様が鎮めたっていう水龍だよね!?

水龍は辺りを窺（うかが）うように空を少し旋回した後、地鳴りのような雄たけびを上げた。

凛の鼓膜がビリビリと震える。

地響きはいまだに鳴り響いている。近くに見える小川が、波打つように流れていた。

普段は穏やかなせせらぎに心癒される、清流だというのに。

「あかん……。めっちゃ怒っとるわ」

あまりにも偉大な姿に、なす術がないのか瓢は呆然と水龍を見上げている。

「どうして？　水龍は百年間もおとなしかったんでしょう……？」

「そうなんや。なにか原因が……？」

そんな会話を瓢としていると。

「凛っ！　無事か⁉」

天変地異と呼んでも差し支えないほどの異常事態に、真っ先に凛のことを守りに来た伊吹が駆け寄ってきた。

「伊吹さん！」

自然と伊吹の胸に飛び込む凛。そうせずにはいられないほど恐れおののいていた。

凛を狙うあやかしに抱いた単純な恐怖とは違う。水龍を前にして感じたのは、並外れた神々しさと、森厳さ。

――あれが、龍。

小さな祠に祀られていた水龍の想像以上の壮大な姿に、人間である凛は圧倒されるしかなかった。

「大丈夫だ、凛。俺がいる」

そんな凛の耳元で、伊吹が囁く。いつものように落ち着いた優しい声音だった。

それだけで、動揺が一気に収まり心が鎮められていく。伊吹の温もりと声は、もはや凛の精神安定剤といっても過言ではない。

「伊吹！　お凛ちゃんは任せたで。俺は水龍の祠の様子を見に行ってくるわ！」

「祠の様子を？」

伊吹が問うと、瓢は頷いた。

「ああ。百年間暴れへんかった水龍があないに怒ってるのんは、なんか原因があるはず。まずはご神体のある祠を探ってみんで」

「なるほど、わかった」

瓢に連れられて水龍の祠を見に行った時の様子を凛は思い出す。小さな鳥居が入り口で、古い社殿があるだけの簡素な祠だった。

――社殿の中にはご神体と、茨木童子様が水龍に友情の証として贈ったとされる彼女の髪も一緒に祀られていたはず……。

そんなことを思い返している間も、水龍は空を縦横無尽に動き神々しい叫びを上げていた。

水龍が叫ぶたびに、地響きが大きくこだまする。川の中を泳いでいたはずの魚が、跳び跳ねる。遠くの山で大きな雪崩が発生しているのが見えた。

幸い龍水荘の付近ではまだなにも災害は起こっていないが、それも時間の問題だろう。

「……いったいなにが起こっているんだ」

凛を抱きしめながら伊吹がぼそりと言葉を吐いた。

鬼の若殿ですら想像もつかない、水龍の怒り。なんとかして早く鎮めなければ、人的被害も発生してしまうだろう。

「大変や！　茨木童子の髪がなくなっとる！」

　祠の様子を探りに行った瓢が、血相を変えて戻ってきた。

「なに!?　瓢、本当か!?」

「そうなんや！　あら百年前に水龍を鎮めるきっかけになったものや……。何者かが持ち出したことで、水龍も怒ってるんちゃうか？」

「……何者かが!?　いったい、なんのために」

　凛も伊吹と同感だった。あんな髪の毛の束を盗んでまで欲するとはどうしても考えられない。

「俺だって、そんなん見当もつかへん」

「……そうか。それに確か、毎年行っている水龍を崇める祭りを今年は中止にしたという話だったな？」

　伊吹の言葉に、瓢は同意する。

「そや。祭りが中止になってイライラしとったとこ、大事な髪も盗られて堪忍袋の緒が切れた……そないなとこかな。……くそ、そやさかい祭りは実行したかってん」

　瓢が口惜しそうに吐き捨てる。

　——そういえば、椿さんがこの辺りの開発計画を進めているせいで祭りが中止になったって、ここに来たばかりの時にころちゃんが言っていたっけ。

瓢はその時も不満そうな顔をしていた。水龍に仕える一族の蛟である彼は、祭りを大切な行事だと考えているのだろう。

「茨木童子の髪を盗んだ目的、犯人はわからないが……。その辺の調査をしている場合ではないな、瓢」

「そうなんや。とにかく一刻も早う水龍を鎮めな、雪崩や洪水なんかの災害起こってまう！　だけど、どないしたら……！」

龍水荘の宿泊客たちが、従業員の誘導によって屋外に避難している。近隣の食事処や土産物店から出た店員や観光客たちも、水龍からできるだけ遠ざかるように走って逃げているのが見えた。

しかし瓢は龍水荘の主であり、水龍に仕える身。危険だからと、そうやすやすと逃亡する気はないのだろう。

鬼たちをまとめる身分である伊吹も、有事の際は率先して動く精神が根付いているためか、どうにか対処できないかと瓢の横で思案しているようだった。

すると驚くことに、川の中でしか生きられないはずの魚たちが天へと昇り水龍の周りを旋回し始めた。まるで水中を泳ぐかのように。

そしてその魚たちはみるみるうちに巨大化していく。魚たちが雄たけびを上げると、口内に鋭い牙が並んでいるのが見えた。

「……あかん。水龍の怒りに触発されて、魚たちに妖力が宿っている」

「このままじゃ、魚たちがあやかしを食い殺しかねんな……」

瓢と伊吹の恐ろしいやり取りに、凛は息を呑む。

「凛、そろそろここにいるのは危険だ。近くに鞍馬たちがいるようだから、一緒に避難してくれ」

「伊吹さんたちはどうするのです⁉」

「このままでは、俺と瓢で水龍を倒すしかない……」

伊吹が心苦しそうに言った。瓢はなにも言葉を発しなかったが、ひどく憂鬱そうに肩を落としている。

――ここに来たばかりの時に、伊吹さんは私にこう言っていた。『ここ一帯は、水龍が加護している温泉なんだ。水龍の力のおかげで、癒しの温泉や豊富な降雪があると言われている』って。つまり……。

「おふたりが水龍を倒してしまったら。この素敵な温泉郷はなくなってしまうということですか……？」

恐る恐る尋ねた凛の問いに、ふたりは目を逸らして答えない。はっきりと口にするのがはばかられるくらい苦渋の決断なのだろう。

凛がこの龍水荘で過ごしたのは、たったの数週間あまり。しかし、瓢に歓迎され、今では友となった糸乃と出会い、伊吹とは美しい景色やおいしい料理をたくさん堪能した。

凛にとってこの地は、すでにかけがえのない思い出がたくさん詰まっている。そんな場所がまさか、消滅してしまうかもしれないなんて想像したくもなかった。

――ここではたくさんの人に出会った。瓢さん、仲居のみんな、糸乃ちゃん、そしてあの謎の男の子だって。

そこで凛はハッとする。

毎日のように、龍水荘の中庭で楽しいひとときを共に過ごした彼は、安全に避難できたのだろうか。

――あの子は私以外の誰にも姿が見えないし、口も利けない。無事なの!?

水龍は、そのご尊顔がもうはっきりと目視できるほどにまで近寄ってきている。

その宝玉のように光り輝く双眸も、長く伸びて波打つ口髭（くちひげ）も、全身をびっしりと覆う鱗（うろこ）も、ひとつひとつが美術品のように神々しく美しい。特に紺碧の瞳と同色の鬣（たてがみ）は、太陽の光に照らされて眩いほどだった。

「……え？」

その瞳と鬣に、凛は妙な既視感を覚えた。それと同じものをもっと身近な場所で、凛は見ていたのだった。

「凛、早く行くんだ！」と促す伊吹には答えず、凛は目を凝らして水龍を眺める。

——違う。

水龍が怒っていると瓢は言っていたが、そのきらめく瞳には薄っすらと涙が浮かんでいる。巨大な全身をうねらせている様子は、怒りではなくどちらかというと……。

——思い通りにならなくて、寂しくて、地団太を踏んでいる……子供。

「ころちゃん！　あの水龍って、もしかしてまだ子供なの!?」

「え……。そうやな。数百年生きとるけど、龍神としてはまだ幼いって話で。大人にはなってへんはずや」

「やっぱり……！」

それならばもう間違いはない。

ずっと謎だったあの少年の正体。明らかに人間ではないが、あやかしでもないらしい不思議な存在だった。しかしそれが人々に崇められる、龍神という崇高な存在だったとしたら。

知能の高さも底知れない体力も、それならば合点がいく。

「てか、どうしてそんなことを聞くんや？　凛ちゃん」

「凛。なにか思い当たる節でもあったのか」

ただ怪訝そうにしている瓢と、神妙な面持ちになって尋ねてくる伊吹。凛に全幅の信頼を寄せている彼は、凛の言動ひとつひとつをないがしろにしたりはしない。

「たぶんあの龍神は、私が最近よく一緒に遊んでいた男の子なんです」

「えっ……？」

「なんやて⁉」

凛の言葉に目を見開く伊吹と瓢。

そんなふたりに、凛は謎の少年との出会いから今までの出来事をかいつまんで説明した。

自分にしか見えない存在であり、子供ながらに知力も体力もずば抜けていたこと。

そしていつも寂しそうに、ひとりで佇んでいたこと。

「今まではなんとかこらえていたものの、ころちゃんの予想通り大切な茨木童子様の髪を奪われて限界が来て、寂しくて暴れているだけだと思うんです。だから伊吹さん、私にあの龍神と話をさせてください。ちゃんとお話しすればわかるはずですから」

「凛。どうやってあんな巨大な龍と会話をする気だい？」

神妙な面持ちの伊吹は落ち着いた声で尋ねた。

「顔の近くにまで私が近寄れば声が届くのではないかと……。伊吹さんの鬼の力で空を飛べませんか？」

「あかんて！」

凛の提案を遮るように瓢が声を張り上げた。そして彼は、凛の両肩をがしりと掴むと、言い聞かせるようにこう主張した。

「確かにあの龍神は、お凛ちゃんと遊んだ子供かもしれへん！　だけど今は我を失うてるんやで⁉　言葉が届く前に、お凛ちゃんを食うてまうかも！」

確かにその通りかもしれない。

血走った水龍の眼に、理性的な感情はいっさい感じられない。轟音のような雄たけびからは、野生の肉食獣のような獰猛さが放たれている。

「……でも、あの子の姿が見えて話ができたのは私だけだった。だから届くとしたら、きっと私の声だけだと思うの。私がここで逃げてしまったら、あの子が鎮まる術はないんじゃないかって」

「そやけど！　お凛ちゃんにもしものことがあったら……」

凛の言い分も一理あると瓢も考えてはいるようだった。しかしあまりに危険すぎる凛の提案を、必死に阻止しようとしている。

それでもやはり水龍の暴走を止められるのは自分しかいないのだと、凛は考えてしまっている。

自らの命の危機に怯えるよりも、孤独に苛まれて自我を失っている水龍を早く解放してやりたい気持ちの方がすでに強かった。

「……凛」

しばらくの間、眉間に皺を寄せて黙考していた伊吹が口を開いた。そして「おい瓢、あまり人の嫁に触るんじゃない」と瓢に憎々しげに言葉を放つ。

肩を掴んでいた瓢が離れると、伊吹はまっすぐに凛を見据えて尋ねる。

「ひょっとしたら、凛の考えは当てが外れているかもしれない。あの水龍は凛が出会った少年ではないかもしれないし、たとえそうだとしても瓢の言う通り、声が届かないかもしれない。その危険についてはもちろんわかっているな？」

「はい。ですが、水龍を鎮められる可能性があるのもおそらく私だけだとも思っています」

伊吹を見つめ返し、凛ははっきりと断言する。

すると伊吹は数瞬黙った後、口元を笑みの形に歪め、こう答えた。

「……わかった。水龍の攻撃は俺がなんとしてでも阻止しよう。大事な凛が食い殺されるなど、あってはならん。しかし、俺の能力では水龍がいる高さまで飛ぶのは正直無理だ。……このままではな」

伊吹が意味深な言い方をする。

『このままでは』。つまり、なんらかの方法を取れば、空高く跳び上がることも可能だと、伊吹はほのめかしている。

そしてその方法を、凛はすぐに思い当たった。

――『このまま』ではない伊吹さんにする方法。それは……。

「私の血を……。夜血を、伊吹さんが吸うのですね？」

ほぼ確信しながらも、凛はそう尋ねた。

凛の体に流れている夜血は、鬼にとって極上の味となる。それが元で凛は伊吹のところへ生贄花嫁としてやってきた。

だがしかし、鬼にとって夜血はただ美味というだけではない。とてつもない栄養価が内包されており、一滴口にするだけで鬼に宿った潜在能力を最大限に引き出すという特性も持っている。

実際、以前に凛の血を飲んだ伊吹は、角と牙を生やした本来の鬼の姿となり、普段の何倍もの妖力をその身に宿した。

その時は、鬼の力が最弱となる新月の夜だったのにもかかわらず、鞍馬の母で妖力の強い天狗のあやかしである天逆毎を、あっさりと滅ぼしてしまうほどの強大な存在へとなれたのだ。

確かにあの時の伊吹ならば、水龍のいる空高くまで跳躍することなど、きっと造作もない。

しかし凛の問いかけに、伊吹はためらいがちに頷く。

「……ああ」

凛は夜血の乙女として鬼の若殿である伊吹に献上された。その血のすべてを捧げるという名目で。

それゆえに、伊吹は凛の血を求めたくはないのだ。夜血を吸うために凛を娶ったのではない、愛するために花嫁として迎えたのだという、彼の愛情表現なのだと凛は知っている。

――だけど。だからこそ私はあなたにこの血を吸ってほしいのです。

そこまで愛してくれる伊吹の力を、自分の体の一部を使うことで強大にできるなら。

凛にとってこんなに嬉しく幸せなことなど、なかった。

「吸ってください、伊吹さん。お願いします。私はあなたに吸ってほしいのです」

そうすれば、凛と伊吹はひとつになれる。

ひとつになればきっと、この窮地だって脱却できる。

ふたりの力で、きっと。

凛が強い意志を込めた瞳をぶつけると、伊吹も同じような瞳になって頷いた。

「……ありがとう、凛。少し痛いと思うが、我慢してくれ」

「はい……！」

伊吹は凛をそっと抱き寄せると、首筋に唇を当ててきた。

首元への優しい口づけに凜は身震いをしてしまう。そして、その直後。

「あっ……」

思わず、小さく声を漏らしてしまう凜。

口づけされていた箇所に、鋭い痛みが走った。伊吹の荒い息遣いが耳元で聞こえる。首筋を噛んだ伊吹が、自分の血液を吸っているのを凜は肌で感じた。

確かに痛みは伴う。しかし、不快感はまったくない。痛いはずのに、全身が感じているのは圧倒的な幸福と、快楽。

自分の一部が伊吹の体内へと、今まさに溶け込んでいる。伊吹とひとつになっている時間は、凜にとてつもない悦楽をもたらし、「んっ……」という、自身が発していることが信じられないほどの本能からの嬌声を上げてしまう。

そして、伊吹は十分な量の血を凜の体から吸い終えると。

「大丈夫か、凜」

血を抜かれたことで脱力した凜に優しく声をかける。

頭の中がぼんやりとしていた凜だったが、変貌した伊吹を見て瞬時に目が覚めてしまう。

頭頂部から天に向かって伸びた見事な一本の角に、口元からはみ出した光沢のある牙。そして、普段はほんのりと赤みがかった黒髪は、業火のように鮮やかな紅蓮(ぐれん)の色をしている。

いつもは人間と区別がつかない外見をしている伊吹が、ひと目で鬼とわかる出で立ちへと変身していた。厳かで美しい、神秘的な姿へと。

「大丈夫です」

大多数の人間にとって、今の伊吹の姿には畏怖の念を抱くだろう。

しかし凛はまったく恐怖を感じない。愛する夫が自分の血液によって強大となったのだ。頼もしいと感じこそすれ、恐ろしさなどひと欠片も抱かない。

「そうか、よかった。だが夜血による力の増強は、長い間は見込めない。恐らく、チャンスは一度きりだ。声が届きそうにもないと俺が感じたら、凛は避難させて俺と瓢で水龍を打つ。それで構わないな？」

「はい！　ありがとうございます！」

自分の提案を呑んでくれた伊吹の言葉が、凛は心底嬉しかった。

「もうあまり時間はなさそうだ。すぐに行くぞ」

「はい！」

伊吹が凛を抱えて地を蹴った。するとそれだけでぐんぐんと伊吹の体は天へと昇っていく。夜血を飲んで強い妖力を得た鬼の並外れた脚力はひと蹴りで空にも届くのだった。

「ふたりともやめるんや！　水龍を鎮めた茨木童子は、人間でありながら神々しいほどの威厳があったて聞く！　同じ夜血の乙女でも、お凛ちゃんじゃ……！」

遠ざかる地面から、瓢の悲痛な叫びが聞こえてきた。

凛が伊吹に血を吸われている間は、何事かと事態を静観していた瓢だったが、実際に水龍の元へとふたりが跳び上がったのを見て、我に返ったらしい。

それを耳にした凛は、伊吹の腕に身を委ねながらもこう思った。

――ころちゃんが私を心配して反論するのは、すごくわかるの。私の身を心から案じたから、人間界に一緒に行こうって提案したんだってことも。

そんな瓢の優しさは、自分にはもったいないくらいだし、なんともありがたい。

しかし伊吹は、それとは違う方法で自分を大切にしようとしている。凛の意思を尊重し、凛がやりたいと主張した時はなにひとつ止めず、一緒に切り開く道を探そうとするのだ。

伊吹にふさわしい存在になりたいと告げた時も、敵を倒すために凛の血を吸うよう主張した時も、働きたいと申し出た時も。常に凛の気持ちを汲んで手を取ってくれる。たとえそれが、命の危険が伴うような、とてつもない困難が待ち受けている道だとしても。

『大丈夫だ。俺が守るから』

その深く美しい瞳で見つめながらそう言って、どんなことでも受け入れ、共に歩もうという素振りを見せる。

――伊吹さんがそうするのは、きっと私を対等な存在だと考えてくれているから。心から私を信じてくれているから。

改めて凛の心の奥底からは、こんな想いが湧き上がってきたのだった。

自分にはやはり伊吹しかいない。かけがえのない唯一無二の伴侶なのだ、と。

――だからもう迷わない。私は伊吹さんを今まで以上に信じて、進むだけ。

空中に飛び上がった伊吹の体は数秒で水龍の顔の高さにまで届き、そのまま彼の妖力で浮遊する。

我を失っている様子の水龍は、身をよじって雄たけびを上げていた。

凛にはその様子が、やはり苦悶しているようにしか見えない。

水龍は鼻先にいる伊吹と凛の存在に気づいたらしく、動きをぴたりと止める。しかし喉の奥でグルルルと低い唸り声を上げていた。

紺碧の双眸には、理性はひと欠片も見当たらない。眼前に突如現れた異物にますます心を乱されたように見える。

しかし間近で見て凛は深く確信した。この美しい瞳の色彩は、やはりあの少年とまったく同じものだ。

――大丈夫。この龍は、やっぱりあの子だもの。

毎日、龍水荘の庭園で一緒に楽しく遊んだ。雪だるまを作り、鬼ごっこをし、パズルを解き、かまくらの中で笑い合った。

――あの子が私を襲うわけなんて、ない。

「ねえ、いったいどうしたの？　なにか嫌な出来事でも――」

凛が優しく微笑んで話しかけるのと同時に、水龍はふたりの頭上に向けて鋭い鉤爪（かぎづめ）の生えた腕を振りかぶった。言葉の途中で、その腕が勢いよく下ろされていく。

攻撃を回避するために身構えたのか、自分を抱える伊吹の腕に力が入った。だが、その尖鋭（せんえい）な爪が凛に突き刺さろうとする、すんでのところだった。

『……その声は。我と戯れてくれた人間の女子（おなご）だな』

水龍は振り下ろした腕を途中でぴたりと止め、言葉を発した。

初めて聞く水龍の……いや、謎の少年の声は、まだ声変わりもしていない。その高く無邪気な声音は、凛のイメージ通りだった。

「やっぱり君は、龍水荘にいたあの子だったのね」

凛の言葉に、水龍は大きな頭で首肯した。

傍らから、「その声、本当に子供だったんだな……」と伊吹の呟きが聞こえてきた。

水龍の声は、伊吹の耳にも届いているらしい。

『すまない……。寂しさと悲しみで我を失ってしまっていたようだ』

「なにに対して悲しんでいたの？」

『少し前、我を崇める祭事が中止になり、我が治める山や池の動物たちが何者かによって乱獲され始めた。我はそれに悲哀を覚えていた……。我を崇めるのを、温泉郷のあやかしたちは忘れてしまったのかと』

数日前、椿がウサギを狩り殺した現場に偶然凛と少年は居合わせた。

確かにその時、少年の姿をした水龍はウサギの亡骸を大きな瞳で見つめていた。そして土に還したウサギに、凛と共に合掌した。

——あの時は、この地を治める水龍として悲しんでいたんだ。

ここ白銀温泉郷を誰よりも大切に思っている水龍にとって、動物を乱獲されるのは我慢ならなかったのだろう。

「そうだったの……」

『寂しさのあまり、小さき姿となって地に降りてしまった。しかし神の身であるためか、皆には視認されなかった。そのうち、そもそも神の分際であやかしどもに助けを求めるのも恥ずかしい気がして去ろうと考えていた時に、なぜか我が見えるそなただけが我と戯れてくれたのだ』

——だからいつも、この子はとても寂しそうだったんだ。

　しかし、その寂寥感（せきりょうかん）漂う佇まいを見られるのは凛だけだった。だからこそ凛は、彼を放っておけなかった。

　そして、彼が自分の存在を内緒にしてほしいと凛に無言で主張したのは、助けを求めたことに恥ずかしさを覚え、あまり大事にしたくなかったからだろう。

『そなたが我に構ってくれたおかげで、寂しさや悲しみをこらえつつも自我は保てていたのだ。もう決して暴れぬと茨木童子と契りをかわしていたからな。……しかし、我が後生大事にしていた茨木童子の髪が何者かに奪われたと知り、正気ではいられなくなったのだ』

　瓢の予想通りだった。祭りが中止になり、茨木童子の髪もなくなったのがきっかけで水龍は暴走してしまっていたらしい。

「あのね、水龍さん。私は茨木童子様と同じ、夜血の乙女なの」

　凛の言葉に、水龍は目を見開いた。

『なんと⁉　しかし、そうか……。だからそなたからは懐かしく、優しい匂いがするのだな』

　さらに水龍が言うには、凛が彼を視認できたのは、きっと夜血の乙女だからだとのことだった。本来ならば、人間にも小さくなった神の姿は見えない。

　――きっと、私がこの地にこのタイミングで来たのは必然だったんだ。

　茨木童子の通った道筋を、知らず知らずの間に歩んでいた凛。水龍との出会いに、運命すら感じてしまう。

「私のような者でよければ、あなたの友とならせてください。願わくば、茨木童子様と同じように」

　水龍をまっすぐに見つめて凛がゆっくりと言葉と紡ぐと、彼は深々と頷いた。

『ああ、なんという僥倖であるか。美しくまっすぐな夜血の乙女と再び相まみえられようとは。……だが、友好を結ぶ前に、そなたにいくつか約束してほしいことがあろうぞ』

「なんだろう？」

『簡易的な催しでも構わん。今からでも、今年の我を讃える祭りの開催を。また、山に感謝の念がある狩人以外の輩の無益な殺生を禁ずることを。……そして、そなたの髪のひと筋を頂戴したい』

　最後の願いの時、少し水龍が気恥ずかしそうにしているように凛は感じた。いじらしい子供の片鱗が見え隠れして、微笑ましい気分になる。

「髪ならば、今すぐにでも差し上げます。しかし、私の力では祭りと狩りについてのお約束は――」

「それは俺が約束しよう」

凛と水龍の触れ合いに水を差さないようにしていたのか。今まではふたりの会話を静観していた伊吹だったが、断言するように声を上げた。

『そなたは……。ほお、これはなかなかに高い妖力を持つ鬼だのう。そうか、そなたは夜血の乙女の伴侶……鬼の若殿か』

伊吹はずっと凛の傍らにいたというのに今初めて認識したかのような素振りの水龍。凛が近寄って話しかけてきたのが、それほど喜ばしかったのかもしれない。

「ああ、そうだ。次期、鬼の頭領でもある。一刻も早い祭りの開催に、登録狩人以外の殺生の禁止くらい、俺がこの地の自治体や狩猟組合に働きかければわけのない話だ」

偉大な水龍を前にしているにもかかわらず、堂々と伊吹は言葉を放つ。

それもそのはず、伊吹は鬼の若殿である。現頭領である伊吹の父は半分隠居している状態だから、頭領に等しい発言力をすでに持っている。

つまり、鬼の若殿としての権力を行使すれば、凛の髪以外の水龍の願いを叶えることなど造作もない。

『その言葉、確かだな』

「無論だ。もうあなたに暴れられるのは、こちらもこりごりだよ。せっかく愛する嫁とのんびりと雪山で過ごしていたというのに」

『はっ、なかなか言うな』

冗談交じりの伊吹の皮肉を、水龍は笑いをこらえるような声で受け止める。

その和やかな光景からは、水龍が伊吹を信頼しようとしているのが伝わってきた。

伊吹が持ち歩いていた護身用の短刀を受け取った凛は、髪をひと束取って根元からざくりと切り離した。

そして、水龍へと差し出す。

「お約束の髪です。これは友好の証、だったね」

凛が告げると、髪の束は手から離れ、水龍の眼前へとふわふわと移動した。

『ああ、嬉しい。やはり夜血を宿す乙女の体の一部は、穏やかで優しい匂いが染みついておるな……。ではそれ以外の願いも頼むぞ。さすればこれ以上暴れたりはせぬ』

そう告げると水龍は、長く美麗な全身を見せつけるように青い空をひと回りした。

徐々にその体はぼんやりと朧げな色になっていき、ついには姿を消した。

空に広がっているのは、白い雲と早春の太陽だけ。いつの間にか巨大化した魚たちも消失していた。

まるで騒動などなにもなかったかのような、穏やかな晴天であった。

伊吹が凛を抱えたまま、ふわりと地上に着地すると。

「凛、やったな！　本当に凛の話の通りだった。しかし、あの凶暴な水龍を鎮めてみせるなんて……。さすがは俺の愛しい凛だ！」

勢いよく凛に抱きつき、珍しく興奮した様子で声を張り上げた。凛の言い分を疑っていたわけではないだろうが、あまりにもうまく事が運んで感激しているのだろう。

地に降りたのとほぼ同時に、夜血によって増強された力は失われたらしく、伊吹は元の人間とほぼ変わらない姿へと戻っていた。

——ちょっと苦しい……。

だが相変わらず、こういった時の伊吹の抱きしめる力は強い。しかしもう凛も慣れつつあり、心地よい痛みを幸せに思う。

「ありがとうございます、伊吹さん。……でも本当にたまたまです。たまたま夜血の乙女である私があの男の子を視認できて、たまたま出会えたから……」

「いや、きっとたまたまではないさ」

謙遜する凛だったが、伊吹は首を横に振る。

「水龍は誰かに助けを求めていたのだ。慈悲深い、誰かにな。そんな時に心優しい凛が現れた。ただの偶然だと俺は思えない。……きっと知らず知らずのうちに引き寄せられていたんだよ、凛は」

確かに、偶然にも茨木童子と同じ道筋をたどっていたことには凛も運命的なものを感じてはいた。

「それにたとえ水龍の化身である少年と出会えたところで、暴れ出した水龍をその少年と見極め、命の危機を顧みずに話をしようとしに行くなどと……。並大抵の勇気と信念では不可能だ。しかし凛はそれをやってのけたんだぞ、もっと胸を張っていいんだよ」

伊吹の諭すような穏やかな声を聞いたら、じわじわと達成感が湧き上がってきた。

正直、勇気とか信念とか、そんな大それた思いは抱いていなかった。この温泉郷がなくならないように、あのいつも物寂しい様子の少年がひとりぼっちにならないようにと、ただただ必死だっただけ。

だが伊吹の言葉は単純に嬉しい。鬼の若殿による手放しの称賛は、彼に一歩近づけたようで。

「伊吹さん、ありがとうございます……！」

感極まった凛は、伊吹に抱きつき返す。すると、大きな手がいつものように優しく髪の毛を撫でてくれた。

――ああ、やっぱり私はこの温もりが好き。

伊吹への愛しい気持ちを改めて実感していると。

「まーた公衆の面前でいちゃついてらあ」

いつの間にこの場にやってきていたのか。鞍馬の恨めしそうな声が聞こえてきて、凛は思わず伊吹から離れる。

そして鞍馬だけではなく、糸乃と紅葉も凛たちの近くに立っていた。鞍馬は大げさに不快そうな顔をしているが、女性陣はニヤニヤと笑みを浮かべている。

――気が抜けちゃって、全然周りを気にしてなかった……。みんな集まってきていたんだ。

伊吹との抱擁が見られていたことに、凛は恥ずかしさを覚える。

「そういやー、凛ちゃんが低体温症で倒れた時もあないな感じやったなあ。あのふたり、いつもああなん？」

鞍馬の傍らで、瓢が呆れたように尋ねる。

「まあ、だいたいね」

「へー。仲のよろしゅうことで」

糸乃や紅葉と同じような笑みを瓢は浮かべる。

「そうだが？　なにか文句あるか、みんな」

不敵に微笑んで、皆のからかいに伊吹がいつもの調子で胸を張る。顔を真っ赤にする凛がその傍らで俯いているのも毎度の光景だ。

「はー？　文句しかねーわっ。伊吹ばっかずるい！」

「だって凛は俺の嫁だし。俺ばかりが愛でるのは当たり前だが？」

「くっそ……！　地獄に落ちればいいのに……」

物騒な言葉を半眼で呟く鞍馬だったが、もはやどこか楽しそうにも見える。

鞍馬による伊吹へのからかいはすでに定型文と化しつつあり、伊吹と凛の愛を確かめさせてくれるための行為なのではとすら凛には思えてきた。

「まあまあいいじゃないの。水龍を鎮めたんでしょう？　ほんと、大それたことをやってくれたわよね。さすが私が見込んだ凛なだけあるわよ」

鞍馬をなだめるのは紅葉。その傍らでは、糸乃がうんうんと頷いている。

「ほんとそれな。これくらいやってくんないと困るよ。凛はこのあたしに伊吹を諦めさせた女なんだからさ」

「ふふ、言うわね糸乃」

「ま、そのうちもっといい男を捕まえて、見せびらかしに来るんだからね。あんたたち、待ってなさいよ！　あ、ご祝儀はたーんとお願いね。鬼の若殿なんだから、けちしないでよ？」

糸乃の言葉に、皆が声を上げて笑う。

親密なメンバーの笑い声に包まれ、凛は水龍騒動が一段落したことを実感し、深い安堵を覚えたのだった。

水龍が天空から消えた直後。

凛に「ちょっと後処理が残っているから」と告げた伊吹と瓢は、龍水荘に滞在しているはずの、ある男の部屋へと向かった。

部屋の扉に伊吹が手をかけると、施錠はされておらずあっさりと開く。まるで、ふたりがここを訪れるのがわかっていたかのように。

部屋へ入ると、その男――椿は奥の窓のへりにくつろぐように腰掛け、外を眺めていた。黒い糸状の束――茨木童子の髪を手元で弄びながら。

「水龍、鎮めちゃったかあ。残念だなあ」

伊吹たちの方を向いて、相変わらず感情の読めない笑みを浮かべ、まったく残念ではなさそうに言う。

「祭りが中止になったのも、むやみな動物の狩りが頻発したのも、お前が関わっていた。となると、茨木童子の髪を持ち出したのもお前だと考えるのが普通だろう？」

伊吹の言葉に椿はなにも答えない。ただ得体の知れない微笑みを顔面に張りつけたまま、相変わらず茨木童子の髪をいじっていた。

「百年経ってもサラサラの髪だね。鬼の妖力でも宿っているのかな？　凛ちゃんの髪はどうなんだろうねえ。触ってみたいなあ」

「……貴様。いったいなにを考えている？」

怒気のはらんだ声を上げる伊吹。椿という怪しい男の口から、凛の名前が出るだけで虫唾が走る。

しかし本当に椿がなにをしようとしているのか、伊吹には見当もつかなかった。

この地を椿の商会の手でリゾート開発したいのなら、水龍を味方につけた方が断然事は運びやすいはずだ。なぜわざわざ、怒りを買うような行動を取るのか。

「別に深い理由はないよ。この地の茨木童子の伝説を知ってさ。あの子にそれと同じことができるのかなーって、試してみたかっただけ」

椿は、凛が人間であり夜血の乙女であると思い込んでいる。しかしまだ、確証は得られていないはずだ。

ここで伊吹が挑発に乗って下手なことを言うわけにはいかない。

「……くだらん。とにかく、凛に指一本でも触れてみろ。命はないと思え」

そう言い捨てると、伊吹はその部屋を後にした。

残った瓢は、嘆息交じりに言葉を吐く。

「っつわーけで。あんたもう出禁や。水龍をおちょくるような奴は、こっちとしても迷惑なんや。今日中に出てってくれるか？　もちろん、リゾート開発は差し止めやぞ」

「あー、やっぱり？　だよねえ」

そう告げられると予想していたようで、気分を害した様子もなく椿は半笑いで答えた。

「取り巻きの連中たちも、漏れのう連れ帰ってくれや」

「はいはい、手厳しいね。……それよりいいのかい？」

それまでは終始穏やかな受け答えをしていた椿だったが、言葉にひと筋の妖しさが混じった。

能面のような微笑みの底に狂気じみた気配を瓢は感じ取る。しかし臆することなく、仏頂面で問う。

「なにがやねん」

「君は凛ちゃんに好意を抱いているようだけど。なんなら、俺があのふたりを引き離してあげようか？」

いったいこの男はなにを言い出すのか。

予想外の椿の発言に、さすがに瓢は動揺した。

なぜ、この男がそんな提案を持ちかけるのか。彼にとっては、微塵も利点はないはずだ。

理解不能かつあまりに奇々怪々な椿の言動からは、尋常ではないほどの底気味悪さを覚えさせられる。

もともと胡散くさい男だと警戒はしていたが、瓢の予想以上に彼は狂気を持つ男なのではないかと感じた。

「はん。ほんまにしょうもないな」

動揺を見せないように、瓢は鼻で笑って答える。

「あのふたりを引き離す？　そんなん、あんたごときにできるわけあらへんやろう」

凛と伊吹は、瓢の想像以上に深い結びつきがあった。そして凛の精神力の強さは、その辺のあやかしよりも遥かに上だった。

──か弱いただの人間の女の子かと思っとったのになあ。

か弱いだなんて、凛に対するとんでもない冒涜だ。

外見は華奢な、ただの人間の女。しかし内に秘めた芯の強さ、まっすぐさは、鬼の若殿の伴侶としてなんら申し分ない。

椿ごときがちょっかいを出したところで、あのふたりを離縁させることなどできるはずがないのだ。

「えー、そうかなあ？」

納得できないようで、椿は間延びした声で首を傾げる。自分の言葉を意に介していない様子に、瓢は苛立ちを覚えた。

──これ以上、こいつと話していると心がかき乱されそうや。

「阿保なことばっかほざいてへんで、早くここから出てく準備しいや」

冷淡な声でそう言い放つと瓢は退出し、扉を勢いよく閉めた。

瓢はその場で深呼吸をする。動揺を見せまいと気を張っていた心が、糸がほどけるかのように緩んでいく。

――なんか知らへんけど、やばい奴に狙われてるやん、お凛ちゃん。

牛鬼というあやかしである椿。大抵の称号持ちのあやかしでは敵わないほど図抜けて高い妖力を持ち、椿コーポレーションの若き社長という社会的地位もある、ひと筋縄ではいかない輩だと、巷（ちまた）では高名な存在。

しかし、しょせん牛鬼は半分牛なのである。いくら能力が高くとも、純粋な鬼であり『最強』の称号を持つ伊吹の足元にも及ばないはず。

――そやけどなんやろう。実力以上に危ない感じがするちゅうか、薄気味悪いっちゅうか。

自ら閉ざした扉を眺めながら、形容しがたい不安に駆られる瓢。

この扉の奥では、いまだに柔和そうに微笑みながら、椿は茨木童子の髪を弄んでいるのだろう。

――まあだけど。あのふたりならたぶん、大丈夫やろ。

眼前でふたりの強固な絆を見せつけられた瓢は、信じることにした。

あのふたりの深い愛の前では、牛鬼ひとりがあがいたところで蟻（あり）ほどの影響も与えられないと。

第六章　水龍祭

暴走した龍神を凛が鎮めた後。

伊吹は鬼の若殿として、白銀温泉郷の自治体に祭りの早急な開催と、地元の狩猟組合に狩りの厳格な制限を訴えた。

老舗旅館の主であり、地元では発言力のある瓢と共に『水龍たっての願いだ』と主張したためか、双方ともあっさりと受け入れられた。

また、どちらも椿コーポレーションのリゾート開発に端を発していたため、開発を反対する声が多数となり、計画を差し止めるよう代表の椿には通達された。

そして白銀温泉郷は、急ピッチで祭りの準備を行うことになった。

もともと、祭りは開催したかったが椿の権力のため仕方なく……といった地元民が多数だったのか、皆張り切った様子だ。

凛の旅館のアルバイト業務も、提灯を飾ったり神輿（みこし）を倉庫から出したりと、祭りに関わる内容が多くを占めるようになった。

そして今宵は、いよいよ『水龍祭』が開催される。

折しも凛のアルバイトの最終日でもあった。

「お凛ちゃん。はい、お疲れさま」

仕事を終えた後、瓢の執務室に呼び出された凛は分厚い封筒を手渡された。

「え……。多くないですか？」

中身を確認しなくても一目瞭然だ。明らかに、当初約束していた給与より多い。

「そりゃなあ。暴れた水龍を鎮めてくれた夜血の乙女様にお礼せな、俺が御先祖様に怒られるわ」

「え、でも……」

あれは誰かに依頼されて取った行動ではない。

凛がなにもしなければ水龍は伊吹と瓢によって滅ぼされ、この美しく穏やかな温泉郷は消滅していたはず。そうなるのを阻止したくて、自ら望んでやったことだ。瓢から礼を言われる義理はない。

「ええやん、もろうときーな。お凛ちゃんがいなきゃ、ここはのうなっとったかもしれへんで。ま、今後の御朱印集めも大変やろうし、応援の気持ちも込めてるんや。それで景気づけに伊吹とうまいもんでも食べていったらええ」

それまで遠慮していた凛だったが、瓢の言葉に心から嬉しさを覚えた。

自分たちが歩もうとしている道を、応援してくれる者がここにもいる。

「うん！　ありがとう……！」

感極まってうっかり涙ぐむ凛を微笑ましく瓢は眺めている。

そんな中、凛は瓢に伝えなければならないことがあるのを思い出した。

「あのね、ころちゃん。水龍が暴れた後、私もころちゃんもバタバタしていたから、なかなか伝えられなかったんだけど……」

瓢が神妙な面持ちになる。凛が始めた話の内容は、きっと彼も予想がついているのだろう。

「ごめんなさい。私は伊吹さんの花嫁なの。ころちゃんが私を心配して人間界に誘ってくれた気持ちは素直に嬉しい。だけど初めから、少しも心は揺らいでいなかった。私には、伊吹さん以外の人は考えられない。だからどんな困難な道でも立ち向かってみせるよ」

凛は背筋を伸ばし瞳に力を込めて、紛れもない本心を瓢へ伝えた。

しばらくの間、瓢は凛を見つめ返していたが、ふっと軽く息をついて穏やかに微笑んだ。

「そう言われる思うとったで。ま、俺としても当てが外れたって気持ちやで」

「え、どういう意味……？」

「いやー、お凛ちゃんをもっとか弱い女の子かて考えとったんやで。そやけど恋敵の絡新婦とは仲良うするし、気性の荒い水龍まで手なずけてしまうんやもんなあ。はは、俺じゃそないなお凛ちゃんは手に負えへんで」

冗談交じりに瓢が言う。

その軽さは瓢の優しさだ。彼も、遊び半分で『人間界へ行こう』と凛を誘ったわけでは決してないはず。

実行に至れば、龍水荘の旦那という現在の立場を捨てることになるのだ。一世一代の想いを込めたに違いない。

そんな瓢の決意を断った凛に罪悪感を覚えさせないように、瓢はあえて茶化しているのだと凛はわかっていた。

だから凛は瓢に親しみを込めた微笑みを向ける。

「ふふ、だって私は鬼の若殿の花嫁だからね。か弱い女の子なんかでいる場合じゃないの」

「ほー。言うようになったなあ、お凛ちゃん。……あ、そや。お凛ちゃん、今御朱印帳持っとる？」

「え？　持っているよ」

「じゃ、出しーな。俺の御朱印、押したるさかい」

あまりにも簡単に話題に出したので、一瞬なんの話をされているのか凛には理解できなかった。

呆気に取られ、口をあんぐりと開けてしまう。

「え……。ころちゃんの御朱印を……!?」

我に返り、掠れた声でやっと尋ねると、瓢は微笑んで頷く。

「そや。……あのな、お凛ちゃんが水龍を鎮めるって話になった時、いやそんなん絶対無理や、あかん、水龍に食われてまうとしか思わへんかったんや。それにお凛ちゃんも聞いとったみたいやけど、伊吹に俺はこんなんも言うたんや。『御朱印集めなんて危ないこと、お凛ちゃんにさせるつもりか』ってな」

「あ……」

ビュッフェレストランで伊吹と瓢が凛について話しているのを偶然立ち聞きしてしまった時のことだろう。

確かにあの時、瓢がそんな話をしていた。『今までは運よく集まっていたみたいだけれど、御朱印集めは命の危険を伴うことも珍しくない。そんなことを今後も凛にさせるつもりか』と。

しかし凛も瓢の指摘はもっともだと感じ、本当に自分にできるのだろうかという迷いが生まれた。自分を信頼してくれている伊吹のおかげで、そんな逡巡はもう断ち切られたけれど。

「そやけど、そないな俺の想像をお凛ちゃんは見事に裏切ってくれたんや。人間でありながら偉大な鬼の花嫁として名を馳せた、先代の夜血の乙女である茨木童子とおんなじように。お凛ちゃんだってきっと、立派な鬼の花嫁になれる。心からそう思たさかい、御朱印を押したいんや」

はっきりとした声で、瓢は断言する。

それは凛の心の奥底にまで、深く響いた。

瓢は凛が鬼の花嫁になれると、心から信じてくれている。

幼い頃に苦楽を共にした友人からの強い後押しは、涙が出そうになるほど嬉しかった。

「ころちゃん、ありがとう。……私、これからも頑張って御朱印を集めるよ。絶対に諦めない」

決意を込めて凛は宣言した。

瓢はその言葉を受け止めるように、「おー、応援しとるで」と深く頷く。そして凛が御朱印帳を開いて瓢の執務机の上に置くと、懐から御朱印を取り出した。

瓢は顔から笑みを消し、どこか厳かな面持ちで凛をまっすぐに見つめた。そして御朱印を構え、口を開く。

「我は『流麗』のあやかし瓢。凛の『流麗』さを認め、生涯同胞であることを誓う」

誓いの言葉を紡ぐと、瓢は力を込めて凛の御朱印帳に押印した。

印には、自然豊かな川のほとりに佇む、蛇のような細長い生き物が描かれていた。

きっと蛟の本来の姿なのだろう。

――ころちゃんの称号は、『流麗』なのね。

清らかな水のように、淀みなく美しいことを表す言葉だったはずだ。

広い心を持ち、静かな水面のように凛の弱さを受け入れようとしてくれた瓢。心優しく器の大きい彼に、なんて似つかわしいふたつ名なのだろう。

「今回の出来事以上に大変なことも、これからきっと起こるやろう。ま、疲れた時は伊吹とここに遊びに来たらええ。いつでも大歓迎やさかいな」

「うん……！」

温かい言葉で送り出してくれる瓢に、凛は涙をこらえながらも満面の笑みを向けたのだった。


「おー、すっげーじゃんあの雪像」

「ほんと、時間がない中みんなよく頑張ったわよねー」

「あ、絡新婦の像もあるじゃん。ちょっと鞍馬、後で写真撮ってくれない？」

その夜、水龍祭の会場に凛と伊吹は鞍馬、紅葉、糸乃と共に訪れていた。

なんといっても見どころは、雪のみで制作された数々の雪像だった。もっとも大きな水龍の像をはじめ、酒呑童子や玉藻前（たまものまえ）、崇徳（すとく）天皇など、人間界でも高名なあやかしたちの美しく荘厳な雪の彫刻が多数鎮座している。

像の中に仕込まれた色とりどりの電灯でそれらがライトアップされた光景は、息を呑むほど美しかった。

ちなみに、雪解けが進んでいたため雪像作りは当初ここまで大規模に行われる予定ではなかった。しかし水龍祭の開催が決定した直後、白銀温泉郷一帯のみ季節外れの大雪に見舞われたのだった。

瓢の話によると、恐らく水龍がたくさんの雪像を求めて、神力で雪を降らせたのだろうとのこと。

となるとやはり、少年の姿の水龍がかまくらを作った時も、その分だけ雪を生み出したのだろう。

雪像が飾られている周りでは、温泉旅館や土産物屋が運営している出店が数多く並んでいる。軽食やスイーツ、アルコールなど種類もさまざまだ。

いつの間に購入したのか、酒好きな鞍馬、紅葉、糸乃はビール片手に雪像を眺めていた。

「凛、ひと口どうだ？　体が温まるぞ」

伊吹が湯気の出ているグラスを凛に差し出す。

「それはなんです？」

「ホットワインだ。アルコール控えめだから、少しなら凛も飲めると思うが」

「わあ、いいですね！　いただきます」

伊吹からグラスを受け取り、ホットワインを口に含む。とても甘酸っぱくまろやかで、冷えた体に染み渡っていく。

「とってもおいしいです！」

「そうか、よかった」

「ありがとうございます。……でも、私酔っぱらっちゃいそうなのでこの辺で」

二口だけ飲んで、凛は伊吹にグラスを返す。伊吹は残ったワインを一気に飲み干した。

伊吹は大酒飲みだが、アルコールに呑まれている姿を凛は一度たりとも見た覚えがない。

そんな彼の様子を見ては『伊吹さんってやっぱり体の作りが私とは違う』と以前は圧倒され、脆弱な人間の自分に自信がなくなる時もあった。

しかし今は違う。伊吹は伊吹、凛は凛なのだ。鬼にしかできないこと、夜血の乙女にしかできないことはきっとそれぞれに存在する。

今回の水龍騒動で凛は深く実感した。

――私は私らしく、伊吹さんを支えられる存在になるように歩んでいけばいい。

この温泉郷で知り合い、御朱印を授けてくれた糸乃も瓢も、伊吹ではなく凛自身に心を開き、応援してくれると申し出てくれたのだから。

「凛、見てごらん。酒呑童子の雪像の横に茨木童子の像もある」

伊吹に教えられ、酒呑童子の像の傍らに凛は視線を合わせた。

今までは隣の像の影になって見えていなかったが、雄々しい鬼の像の隣に美しく凛とした表情の女性の像が鎮座していた。

「これが、茨木童子様……」

刀を構え、今にもこちらを攻撃してきそうな迫力の酒呑童子に比べれば、目立たず奥ゆかしい印象。しかし愛する夫を見守るように背筋を伸ばして立っている先代の夜血の乙女からは、静謐（せいひつ）な厳かさが漂っている。

――決して動かない、色もない真っ白な雪の像だというのに。なんて威厳なのだろう。

手をつなぎ、偉大な夫婦の像を眺める伊吹と凛。

「とても美しく、見事な像だな」

「はい、そうですね」

雪像を見ただけでもわかる。伊吹はともかく、自分はまだこの茨木童子の足元にも及ばない矮小な存在だろう。

――だけど、私は。

「だが、俺たちはこのふたりとは違うんだ。俺たちは俺たちのやり方で、共に前に進んでいこう」

凛が今考えていたことが、なんと伊吹の口から発せられた。類まれな奇跡に、凛は大きな感動を覚える。そして感極まるあまり、凛の方から伊吹に抱きついてしまった。

「えっ……り、凛？　ど、どうした？」

珍しく伊吹の戸惑った声が聞こえてくる。自分からは積極的に接触してくるが、凛の方から来られるのはまだ慣れていないらしい。

「ダメですか？」

「い、いやっ。ダメじゃない！　むしろとてもいい！　だが、びっくりしてしまって」

「だって嬉しかったんです……。『俺たちは俺たちのやり方で』って、伊吹さんが私と同じことを考えてくれていたのが」

伊吹の胸の中で凛がそう言うと、伊吹は凛の顎をそっと掴み、上を向かせた。

「そうだったのか……。俺も心から嬉しいよ」

至近距離で見つめ合うふたり。自然と、口づけの気配をお互いに醸し出していく。

そしてかつての偉大な夜血の乙女の前で、凛は愛する夫と唇を重ねた。

鞍馬の「おいおい、お前らこんなところでキスしてんのかーい。まったく少し目を離した隙に……」という声が少し遠くで聞こえた気がする。

普段の凛ならば恥ずかしさから伊吹から離れるところだったが、まったくそんな気は起きなかった。

——だって、離れたくない。

鬼の若殿の伴侶としてもっと強くなろうと決意し、伊吹からの信頼を深く実感した、今だけは。

END

あとがき

こんにちは、湊祥です。このたびは『鬼の生贄花嫁と甘い契りを二〜ふたりを繋ぐ水龍の願い〜』をお手に取ってくださり、誠にありがとうございます。

まさか、続編を出させていただけるとは思っておりませんでしたが、またこうして凛と伊吹の物語を紡ぐことができて嬉しい限りです。

これも、一巻を手に取ってくださったたくさんの方のおかげです。本当にありがとうございます！

続編にあたって、やはり御朱印を集めながら凛が伊吹と共に成長していく物語がベースだろうなとまずは考えました。

しかしそれだけではなく、伊吹との溺愛エピソードはもちろんのこと、伊吹の元カノ的立場の糸乃ちゃんや凛を想う瓢といった脇役、一巻にも登場した鞍馬、紅葉、椿との絡みなど、書きたいことがたくさん浮かんでしまい、どうやったらそれを全部入れられるかな……とまとめるのが結構大変でした（笑）。そうこうして苦心してできあがったストーリーですが、少しでも楽しんでいただけていたら幸いです。

糸乃ちゃんも瓢も、なかなかいいキャラになったなあと自画自賛しているのですが、いかがでしたか？　ちなみに糸乃ちゃんは、最初はわかりやすく性格の悪いライバル女にしようかなとも考えたのですが、我らがヒーローである伊吹と過去にいい感じになった女の子が嫌な子であるはずがないと思い直し、気が強そうだけど一途でまっすぐな素敵女子になりました。

きっと今後も、糸乃ちゃんは凛にとっていい友人でいてくれることでしょう。

そして一巻からお気に入りである椿も、いい感じに気持ち悪く書けてよかったなと思っています（笑）。彼の目的や真意は作者の頭の中にちゃんとあるので、いつか形にできることを願っています。

一巻に引き続き、イラストを担当してくださいましたわいあっと先生。青い花の中にいるふたりがとても美しいです！　ありがとうございました！

また、本作品に関わってくださったすべての方に感謝を申し上げます。そして、この本を手に取ってくださった方に、改めて熱く御礼申し上げます。

願わくば、皆さまにまたお会いできますように。

湊　祥

この物語はフィクションです。実在の人物、団体等とは一切関係がありません。

湊 祥先生へのファンレターのあて先
〒104-0031　東京都中央区京橋1-3-1　八重洲口大栄ビル7F
スターツ出版（株）書籍編集部 気付
湊 祥先生

鬼の生贄花嫁と甘い契りを二
〜ふたりを繋ぐ水龍の願い〜

2022年3月28日　初版第1刷発行
2024年1月26日　　　第3刷発行

著　者　　湊 祥　©Sho Minato 2022

発 行 人　菊地修一
デザイン　カバー　北國ヤヨイ（ucai）
　　　　　フォーマット　西村弘美
発 行 所　スターツ出版株式会社
　　　　　〒104-0031
　　　　　東京都中央区京橋1-3-1　八重洲口大栄ビル7F
　　　　　出版マーケティンググループ　TEL 03-6202-0386
　　　　　（ご注文等に関するお問い合わせ）
　　　　　URL　https://starts-pub.jp/
印 刷 所　大日本印刷株式会社

Printed in Japan

乱丁・落丁などの不良品はお取り替えいたします。上記出版マーケティンググループまでお問い合わせください。

定価はカバーに記載されています。
ISBN　978-4-8137-1244-2　C0193

スターツ出版文庫　好評発売中!!

『卒業　桜舞う春に、また君と』

卒業式を前になぜか大切な友達と一緒に過ごせなくなった女子高生（『桜の花びらを君に』丸井とまと）、兄の急死で自分の居場所を見つけられず反抗する男子中学生（『初恋の答えは、約束の海で』水葉直人）、亡くなった彼との叶わぬ再会の約束を守ろうと待ち合わせ場所を訪れる女性（『花あかり～願い桜が結ぶ過去～』河野美姫）、自分宛てではないラブレターに正体を偽って返事を書く女子高生…（『うそつきラブレター』汐見夏衛）。桜舞う春、別れと出会いの季節に、さまざまな登場人物が葛藤し成長していく姿に心救われる一冊。

ISBN978-4-8137-1229-9／定価660円（本体600円+税10%）

『泣いて、笑って、ありのままの君で』　音はつき・著

自分に自信のない白城庭は、嫌なことを嫌と言えず、自分の好きなもののことも隠して過ごしていた。ある日、クラスの中心人物・鍬内想にその秘密を知られてしまう。笑われると思ったのに「俺の前では、堂々と好きなものを好きって言っていい」と、ありのままの庭を受け入れてくれて…。想の存在が、ずっと本当の自分を見せるのが怖かった庭を変えていく。しかし、実は想にも庭に見せていない心の奥の葛藤があると知り――。正反対のふたりが認め合い、自分らしさを見つける、青春恋愛感動作！

ISBN978-4-8137-1227-5／定価638円（本体580円+税10%）

『京の鬼神と甘い契約～新しい命と永久の誓い～』　栗栖ひよ子・著

追放された京都の和菓子屋令嬢・茜は、店を取り戻すため、世にも美しい鬼神・伊吹と契約し、偽装夫婦となる。形だけの夫婦だったはずが、伊吹に過保護に溺愛されて…。しかし、人間が鬼神の本当の花嫁になるには、彼の子を身籠らねばならないと知り――。ウブな茜はその条件に戸惑い、伊吹とぎくしゃく。その頃、店に新しい店員・真白が入る。彼は、イジワルな鬼神様・伊吹とは真逆の優しい王子様イケメン。なぜか茜との距離が近い真白に伊吹の独占欲が目覚めて…。ふたりは果たして本当の夫婦になれるのか――⁉

ISBN978-4-8137-1228-2／定価649円（本体590円+税10%）

『後宮妃は麒神の生贄花嫁　五神山物語』　唐澤和希・著

数百年に一度、黄色の星が流れると、時を統べる麒神・旺隠に花嫁を捧げる国・漸帝国の公主として育った春蘭。好きな人がいる姉の代わりに麒神の生贄花嫁として捧げられることに。孤独な旺隠と天真爛漫な春蘭は一瞬で惹かれ合い、春蘭はご懐妊するも、突然命を失ってしまい…。そして三百年後、転生した春蘭は再び後宮入りし、旺隠と過去の幸せを取り戻そうと奔走し、愛されて――。「お腹の子と君を必ず守る」今度こそ愛し合うふたりの子を守れるのか⁉　大人気シリーズ五神山物語第二弾！

ISBN978-4-8137-1230-5／定価638円（本体580円+税10%）

スターツ出版文庫　好評発売中!!

『記憶喪失の君と、君だけを忘れてしまった僕。3～Refrain～』　小鳥居ほたる・著

大切な人を飛行機事故で失い、後悔を抱え苦しんでいた奈雪。隣人の小鳥遊の存在に少しずつ救われていくが、その矢先、彼が事故で記憶喪失になってしまう。それでも側で彼を支える奈雪。しかし、過去の報いのようなある出来事が彼女を襲い、過去にタイムリープする。奈雪はもう一度生き直し、小鳥遊の運命を変えようともがくが…。二度目の世界では華怜という謎の美少女が現れて――。愛する人を幸せにするため、奈雪が選んだ選択とは？全ての意味が繋がるラストに、涙！感動の完結編！

ISBN978-4-8137-1210-7／定価737円（本体670円+税10%）

『君が僕にくれた余命363日』　月瀬まは・著

幼いころから触れた人の余命が見える高２の瑞季。そんな彼は、人との関わりを極力避けていた。ある日、席替えで近くなった成田花純に「よろしく」と無理やり握手させられ、彼女の余命が少ないことが見えてしまう。数日後、彼女と体がぶつかってしまい、再び浮かびあがった数字に瑞季は固まってしまう。なんと最初にぶつかったときより、さらに余命が一年減っていたのだった――。瑞季は問いかけると…彼女からある秘密を明かされる。彼女に生きてほしいと奔走する瑞季と運命に真っすぐ向き合う花純の青春純愛物語。

ISBN978-4-8137-1212-1／定価693円（本体630円+税10%）

『後宮の寵姫は七彩の占師～月心殿の貴妃～』　喜咲冬子・著

不遇の異能占師・翠玉は、後宮を蝕む呪いを解くため、皇帝・明啓と偽装夫婦となり入宮する。翠玉の占いで事件は解決し「俺の本当の妻になってほしい」と、求婚され夫婦に。皇帝としての明啓はクールだけど…翠玉には甘く愛を注ぐ溺愛夫。幸せなはずの翠玉だが、異能一族出身のせいで皇后として認められぬままだった。さらに周囲ではベビーラッシュが起こり、後継者を未だ授かれぬ翠玉は複雑な心境。そんな中、ついに懐妊の兆しが…⁉ しかし、その矢先、翠玉を脅かす謎の文が届いて――。

ISBN978-4-8137-1211-4／定価693円（本体630円+税10%）

『大正偽恋物語～不本意ですが御曹司の恋人になります～』　小谷杏子・著

時は大正四年。両親を亡くし叔父夫婦に引き取られ、虐げられて育った没落令嬢・御鍵絹香。嫌がらせばかりの毎日に嫌気がさしていた。ある日、絹香は車に轢かれそうなところを偶然居合わせた子爵令息・長丘敦貴に後ろから抱きすくめられ、助けてもらう。敦貴に突然『恋人役にならないか』と提案され、絹香は迷わず受け入れる。期間限定の恋人契約のはずが、文通やデートを重ねるうちにお互い惹かれていく。絹香は偽物の恋人だから好きになってはいけないと葛藤するが、敦貴に「全力で君を守りたい」と言われ愛されて…。

ISBN978-4-8137-1213-8／定価682円（本体620円+税10%）

スターツ出版文庫　好評発売中!!

『天国までの49日間～ファーストラブ～』　櫻井千姫（さくらいちひめ）・著

霊感があり生きづらさを感じていた高２の稜歩は、同じ力をもつ榊と出会い、自信を少しずつ取り戻していた。でも榊への淡い恋心は一向に進展せず…。そんな中、ファンをかばって事故で死んだイケメン俳優・夏樹が稜歩の前に現れる。彼は唯一の未練だという「初恋の人」に会いたいという。少しチャラくて強引な夏樹に押されて、彼の初恋の後悔を一緒に取り戻すことに。しかし、その恋には、ある切ない秘密が隠されていて――。死んで初めて気づく、大切な想いに涙する。

ISBN978-4-8137-1196-4／定価737円（本体670円+税10%）

『僕の記憶に輝く君を焼きつける』　髙橋恵美（たかはしえみ）・著

付き合っていた美涼を事故で亡くした騎馬は、彼女の記憶だけを失っていた。なにか大切な約束をしていたはず…と葛藤していると――突然二年前の春に戻っていた。騎馬は早速美涼に未来では付き合っていたと打ち明けるも「変な人」とあしらわれてしまう。それでも、彼女はもう一度過ごす毎日を忘れないようにとメモを渡し始める。騎馬は彼女の運命を変えようと一緒に過ごすうちに、もう一度惹かれていき…。ふたりで過ごす切なくて、苦しくて、愛おしい日々。お互いを想い合うふたりの絆に涙する！

ISBN978-4-8137-1198-8／定価671円（本体610円+税10%）

『鬼の花嫁五～未来へと続く誓い～』　クレハ・著

玲夜から結婚式衣装のパンフレットを手渡された鬼の花嫁・柚子。玲夜とふたり、ドレスや着物を選び、いよいよ結婚するのだと実感しつつ、柚子は一層幸せに包まれていた。そんなある日、柚子は玲夜を驚かせるため、手作りのお弁当を持って会社を訪れると…知らない女性と抱き合う瞬間を目撃。さらに、父親から突然手紙が届き、柚子は両親のもとを訪れる決意をし…。「永遠に俺のそばにいてくれ」最も強く美しい鬼・玲夜と彼に選ばれた花嫁・柚子の結末とは…⁉

ISBN978-4-8137-1195-7／定価660円（本体600円+税10%）

『後宮の巫女嫁～白虎の時を超えた寵愛～』　忍丸（しのぶまる）・著

額に痣のある蘭花は、美しい妹から虐げられ、家に居場所はない。父の命令で後宮勤めを始めると、皇帝をも凌ぐ地位を持つ守護神・白虎の巫女花嫁を選ぶ儀式に下女として出席することに。しかし、そこでなぜか蘭花が花嫁に指名されて…⁉猛々しい虎の姿から、息を呑むほどの美しい男に姿を変えた白星。「今も昔も、俺が愛しているのはお前だけだ」それは、千年の時を超え再び結ばれた、運命の糸だった。白星の愛に包まれ、蘭花は後宮で自分らしさを取り戻し、幸せを見つけていき――。

ISBN978-4-8137-1197-1／定価682円（本体620円+税10%）

スターツ出版文庫　好評発売中!!

『交換ウソ日記3〜ふたりのノート〜』　櫻（さくら）いいよ・著

周りに流されやすい美久と、読書とひとりを好む景は、幼馴染。そして、元恋人でもある。だが高校では全くの疎遠だ。ある日、景は自分を名指しで「大嫌い」と書かれたノートを図書室で見つける。見知らぬ誰かに全否定され、たまらずノートに返事を書いた景。一方美久は、自分の落としたノートに返事をくれた誰かに興味を抱き、不思議な交換日記が始まるが…その相手が誰か気づいてしまい⁉ふたりは正体を偽ったままお互いの気持ちを探ろうとする。しかしそこには思いもしなかった本音が隠されていて——。

ISBN978-4-8137-1168-1／定価715円（本体650円+税10%）

『月夜に、散りゆく君と最後の恋をした』　木村（きむら）咲（さき）・著

花屋の息子で嗅覚が人より鋭い明日太は同級生の無愛想美人・莉愛のことが気になっている。彼女から微かに花の香りがするからだ。しかし、その香りのワケは、彼女が患っている奇病・花化病のせいだった。花が好きな莉愛は明日太の花屋に通うようになりふたりは惹かれ合うが…臓器に花の根がはり体を蝕んでいくその病気は、彼女の余命を刻一刻と奪っていた。——無力で情けない僕だけど、「君だけは全力で守る」だから、生きて欲しい——そして命尽きる前、明日太は莉愛とある最後の約束をする。

ISBN978-4-8137-1167-4／定価638円（本体580円+税10%）

『鬼の生贄花嫁と甘い契りを』　湊祥（みなとしょう）・著

赤い瞳を持って生まれ、幼いころから家族に虐げられ育った凛。あることがきっかけで不運にも凛は鬼が好む珍しい血を持つことが発覚する。そして生贄花嫁となり、鬼に血を吸われ命を終えると諦めていた凛だったが、颯爽と迎えに現れた鬼・伊吹はひと目で心奪われるほどに見目麗しく色気のある男性だった。「俺の大切な花嫁だ。丁重に扱え」伊吹はありのままの凛を溺愛し、血を吸う代わりに毎日甘い口づけをしてくれる。凛の凍てついた心は少しずつ溶け、伊吹の花嫁として居場所を見つけていき…。

ISBN978-4-8137-1169-8／定価671円（本体610円+税10%）

『大正ロマン政略婚姻譚』　朝比奈希夜（あさひなきよ）・著

時は大正十年。没落華族令嬢の郁子は、吉原へ売り渡されそうなところを偶然居合わせた紡績会社御曹司・敏正に助けられる。『なぜ私にそこまでしてくれるの…』と不思議に思う郁子だったが、事業拡大を狙う敏正に「俺と結婚しよう」と政略結婚を持ちかけられ…。突然の提案に郁子は戸惑いながらも受け入れる。お互いの利益のためだけに選んだ愛のない結婚のはずが、敏正の独占欲で過保護に愛されて…。甘い言葉をかけてくれる敏正に郁子は次第に惹かれていく。限定書き下ろし番外編付き。

ISBN978-4-8137-1170-4／定価682円（本体620円+税10%）

スターツ出版文庫　好評発売中!!

『30日後に死ぬ僕が、君に恋なんてしないはずだった』　茉白(ましろ)いと・著

難病を患い、余命わずかな呉野は、生きることを諦め日々を過ごしていた。ある日、クラスの明るい美少女・吉瀬もまた“夕方の記憶だけが消える”難病を抱えていると知る。病を抱えながらも前向きな吉瀬と過ごすうち、どうしようもなく彼女に惹かれていく呉野。「君の夕方を僕にくれないか」夕暮れを好きになれない彼女のため、余命のことは隠したまま、夕方だけの不思議な交流を始めるが――。しかし非情にも、病は呉野の体を蝕んでいき…。

ISBN978-4-8137-1154-4／定価649円（本体590円+税10%）

『明日の世界が君に優しくありますように』　汐見夏衛(しおみなつえ)・著

あることがきっかけで家族も友達も信じられず、高校進学を機に祖父母の家に引っ越してきた真波。けれど、祖父母や同級生・漣の優しさにも苛立ち、なにもかもうまくいかない。そんなある日、父親と言い争いになり、自暴自棄になる真波に漣は裏表なくまっすぐ向き合ってくれ…。真波は彼に今まで秘めていたすべての思いを打ち明ける。真波が少しずつ前に踏み出し始めた矢先、あることがきっかけで漣が別人のようにふさぎ込んでしまい…。真波は漣のために奔走するけれど、実は彼は過去にある後悔を抱えていた――。

ISBN978-4-8137-1157-5／定価726円（本体660円+税10%）

『鬼の花嫁四～前世から繋がる縁～』　クレハ・著

玲夜からとどまることなく溺愛を注がれる鬼の花嫁・柚子。そんなある日、龍の加護で神力が強まった柚子の前に、最強の鬼・玲夜をも脅かす力を持つ謎の男が現れる。そして、求婚に応じなければ命を狙うと脅されて…⁉「俺の花嫁は誰にも渡さない」と玲夜に死守されつつ、柚子は全力で立ち向かう。そこには龍のみが知る、過去の因縁が隠されていた…。あやかしと人間の和風恋愛ファンタジー第四弾！

ISBN978-4-8137-1156-8／定価682円（本体620円+税10%）

『鬼上司の土方さんとひとつ屋根の下』　真彩(まあや)-mahya-・著

学生寮で住み込みで働く美晴は、嵐の夜、裏庭に倒れている美男を保護する。刀を腰に差し、水色に白いギザギザ模様の羽織姿…その男は、幕末からタイムスリップしてきた新選組副長・土方歳三だった！　寮で働くことになった土方は、持ち前の統制力で学生を瞬く間に束ねてしまう。しかし、住まいに困る土方は美晴と同居すると言い出して…⁉　ひとつ屋根の下、いきなり美晴に壁ドンしたかと思えば、「現代では、好きな女にこうするんだろ？」――そんな危なっかしくも強くて優しい土方に恋愛経験の無い美晴はドキドキの毎日で…⁉

ISBN978-4-8137-1155-1／定価704円（本体640円+税10%）

書店店頭にご希望の本がない場合は、書店にてご注文いただけます。